海岸通り

坂崎かおる

文藝春秋

海岸通り

そのバス停は磨き上げられている。曇りがひとつもない。モップの柄《え》のような部分に四角く張りついている時刻表の数字もよく見える。数字は素数だ。6時「2」分、6時「3」分、7時「5」分……と順番に増えていき、2時「59」分で、また3時「2」分へと戻る。なぜ素数なのか。孤独だからか、割り切れぬためか。いずれにせよ、この時刻表を老人ホームに作った主は相当意地が悪い。雑巾でそこを拭くときには、その数字を順番になぞるように磨く。2、3、5、7……ときどきは口ずさむように、にい、さん、ごお、なな……全く推奨はされていないが、はあっと息を吹きかけ、やさしくていねいに磨くのが好きだ。プラスチックのカバーは透き通り、より数字ははっきりと見える。機嫌がいいときは、ニセモノのくせに、と笑いかける。バス停はなにも言わない。当たり前だ。でも、当たり前のことを人はするのだし、してみたくなる。

サトウさんはこのバス停に午後二時頃に来る。たいていは。二時半のこともあれば、三時近くになることも、あるいはその日は来ないということもあるのだが、二時より前にやって来ることはない。サトウさんのごはんはとてもゆっくりだからだ。柔らかい豆腐の味噌汁とか、細かく刻まれた大根とぶりの煮物とか、そういったものを丁寧に丁寧に噛んで食べる。一度数えてみたら、箸で一口入れてから、四五秒かけて咀嚼《そしゃく》していた。そのくせ、歯は丈夫で、入れ歯でないことが彼女の自慢のひとつだった。「あたしの母親の実家は牛乳屋だったたからね」というのがサトウさんが自身の歯を語るときのエピソードのひとつだ。「人生で必要なのはカルシウムだよ」彼女の口ずさむ「カルシウム」は外国語というより他の星の言葉のにおいがする。彼女はそうやって朝ごはんとか昼ごはんとかを楽しんだあとで散歩を始めるので、そんな時間にしか来ないのだ、と思う。

バス停に来て、サトウさんは特になにをするわけでもない。本人に訊いたら、「バスを待っている」という答えが返ってくるだけだ。彼女は、バス停のスタンドに比べれば古びたモスグリーンのベンチに座る。うつらうつら。うつらというのはよい響きで、なぜかというと、必ず繰り返す。うつらうつら。三回は繰り返さないところも良い。うつらうつらうつら、は座りが悪いし、往《い》って戻ってこない。首がゆっくりと傾き、戻り、彼女の意識の波が寄せては返す様子が視覚化されて、その潮汐《ちょうせき》を穏やかに眺めることができる。サトウさんの漢字をわたしは知らない。彼女の部屋の前にかかっている名札はなぜかひらがな「さとう」のままで、そこにどんな理由があるのかはわからないが、「佐藤」だろうと思う。「サトウ」と読んで「佐藤」以外の苗字の人にお目にかかったことがない。だけど、想像ならできる。佐東、佐島、左島。砂糖はさすがにいないだろうから除外。おそらく、ぜったい。

「サトウさん」

と呼びかけると、だいたいサトウさんは「ほいい？」という声であたりを見回す。こっちですよ、というようにわたしはバス停の数字の部分をコツコツたたく。2とか3とか5のあたり。「ほいいいい」とサトウさんは振り向き、「ナギササさん」とわたしを呼ぶ。でも、わたしの名前はナギサではない。サトウさんには子どもが二人いて、当たり前だがもう成人していて、「ナギサ」はサトウさんの息子の嫁さんの名前だ。苗字はわからないが、夫の姓を名乗っているならサトウナギサなのかもしれない。が、それはけっこうどうでもいい情報だから、あまり深くは考えない。サトウさんによれば、「ナギサさん」は、「こまいところに気のつく」「よいお嫁さん」「あの子は当たりを引いた」ような女性らしい。でも、わたしの知る限り、そのナギサさんはこの施設に来たことはない。息子は一度、施設に入居する際に来たようだが、それぎりだし、わたしもこっそり園の来所者名簿をチェックするが、「佐藤」も「佐東」も「砂糖」も書かれることはない。よくある苗字なのに、不思議だな、とわたしは思う。

「毎日悪いねえ」と、サトウさんは続ける。わたしはこの老人ホームに毎日は来ていないので、これは間違いだが、些細なことだ。

「元気ですか？」

「まあねえ」サトウさんは口をもぐもぐさせてしゃべる。ご自慢の歯があるくせに、いつも口の中になにかが入っているかのようなしゃべりかたをする。ほうれん草とか、豚肉の筋がはさまっていたりするのだろうかと、以前に「お口の中見せてもらえます？」と頼んでみたら、けっこうきっぱり断られたので、彼女の口内は謎のままだ。洞窟で、コウモリでも出てくるのかもしれない。

「まあねえ」

サトウさんは繰り返す。「おかげさまで、歩けるのが奇跡みたいなもんですよ」大仰《おおぎょう》な言葉がサトウさんは好きだ。「奇跡」「運命」「幸福」「僥倖《ぎょうこう》」あたりをよく使う。僥倖を除けばＪ－ＰＯＰみたいなセンスだが、だいたい自分の歯か脚について使っている。この「奇跡」がどの程度の確率かをわたしは知らないが、杖を使うとは言え庭中を歩き回り、三度の食事を自力で食べるのだから、確かに八七歳を数えるサトウさんは奇跡的に健康だ。だから「よかったですね」とか、「本当にお元気そうで」などと答える。それは少し嘘の味がする言い方で、そんなことはないのに、こっちの台詞の方が、自分が適当な返事をしているような気分になるのが不思議だ。

「バスが来なくってね」

そうサトウさんは、自分の左腕を見る。そこに腕時計はないし、彼女も途中でそれに気づくが、「腕時計を見る」という行為はやめない。一本だけ長い白い毛があって、それがふわふわ揺れているさまを見ている、ように見える。「そうですか」とわたしは言い、バケツの水を背の低いアジサイの葉にかける。花はもう枯れて茶色く淀んでいる。雫《しずく》がぽたぽたと垂れ、それが空中にふわりと留まる瞬間に水滴がまあるくなる様子を瞳にとどめようとしながら、わたしは続ける。

「遅れているのかもしれませんよ」この言葉ははっきりと嘘だとわたしはわかっているから、堂々と言う。ニセモノだから、わたしはそのバス停に「ニセモノ」と呼びかける。「ニセバス」とか「ウソテイ」とか、いろいろな呼び方を考えてみたが、けっきょく「ニセモノ」としか呼んでいない。このバス停に、ホンモノのバスは来ない。そもそも、わたしは老人ホームで派遣の清掃員として働いているのであり、このバス停はそのホームの敷地にあるのだから、もしバスに意志があって「海岸通り」と遠からずとも近くない架空のネーミングに心惹かれたとしても、施設の狭い門をくぐることができない。残念だ、とわたしは思うが、ホンモノのバスがやって来たらサトウさんはそれに乗って、どこか遠くに行ってしまうのだから、ニセモノでよかったと思う。ニセモノにはニセモノの意味があり、矜持《きょうじ》がある。

海辺にあるこのホームは、きららえん、という保育園のような音をしているが、「雲母園」という雄大な漢字が入り口に記されている。入居者数は少なく、建物はそう大きくないが、庭が広く、四季折々の花をつける木々が植わり、遠くに水平線が見える。はっきりとはしない。もさもさとしている常緑樹の隙間から、その薄青い線がのぞいているだけだ。その庭の端っこに、ニセモノのバス停はある。

バス停は開所から一年して設置されたと聞いている。入居者は認知症が進んでいる人も多く、その中には家に帰りたがる者もいる。「お前は誰だ」「ここは自分の居場所じゃない」「頼むから息子に電話をしてくれ」駄々をこねた高齢者を一度このバス停に連れて行き、「なかなか来ないですねえ」などと言って宥《なだ》め、「今日は来ないみたいですからまた明日」とキリのいいところで部屋に戻す。そういうクールダウンのような場として機能しているということだった。サトウさんは未だ健脚だから、入居当時は帰る帰るを連呼して大変だったらしく、このバス停は役に立ったことだろう。わたしが外の掃き掃除、ゴミ拾い、簡単な水やりを済ませ、最後にバス停に行くと、たいていサトウさんはそこに座っている。今もそういった帰りたい気持ちがあるのか、それとも単に日常のルーティーンと化してしまっているのか、わたしにはよくわからない。でも、わたしはそのサトウさんのルーティーンのひとつに組み込まれ、必要以上にニセモノを磨き、ぴかぴかにして、そしてそこに座るサトウさんとおしゃべりをする。五分でさよならすることもあれば、一時間以上いることもある。そういうときはもちろんタイムカードを押してからするようにしている。別に真面目なわけでなく、エリアマネージャーの三島さんにそれで怒られたことがあるからだ。

「もう少し待ちますよ」

鷹揚にサトウさんは言って前を向き、水平線を見る。いや、その位置からでは水平線は見えないはずだけれど、でも、きっとサトウさんはそれを見ているのだろうと思う。サトウさんの旦那さんは漁師をしていたと聞いたことがあり、きっと海を見つめる仕草にはなにか理由があるんだろうとわたしは想像している。今より皺もなく、腰もしゃっきりしているサトウさんが海岸の岩場に立ち、海風に吹かれながらつばの広い帽子を押さえ、きりりと波を見つめる場面は容易に眼前に浮かぶ。彼女は待っている。待ち続けている。

雲母園の清掃業務は、おそらく他の老人ホームに比べてみれば楽なのだろうと思う。第一に施設の広さがあまりない。三階建てだが、一軒家を少々大きくした感じの、二世帯住宅の紛《まが》い物みたいな風体で、掃除をすべき箇所がそもそも少ない、というのは楽だ。

「あんたラッキーよ」と、ひと月前に辞めた神崎さんは言っていた。「大規模施設は、そりゃスタッフの人数も多いけど、急に休んだりすることもあるし、そもそもあっちのトイレからこっちのトイレまで距離があって、ずうっとあっちだこっちだって歩きづめになっちゃうんだから」

わたしは週に三日働いている。通常は九時からだが、早番は七時、遅番は一〇時と、シフトによって変わる。入居者の部屋や、共用の場所の掃除が主だ。今まで ずっと企業のビル清掃として派遣されてきたので、最初は戸惑った。そもそもけっこうキレイなのだ。もちろん、食べこぼしもあるし、胃ろうのチューブを使っている人はそこからの汚れもある。トイレは便や尿が目立つ。でも、嘔吐処理は介護職員がする決まりになっているし、高齢者は活動範囲が狭いから、やはり他の現場に比べると清掃箇所が雑多で多いとは思わない。その代わりに、入居者には気を遣う。彼らが生活する部屋に入るから、その人の持ち物にも触れることになり、仕事を始めた当初はよく怒られた。コップの取っ手の左右が変わるだけで不機嫌になる人もいるのだ。でも、わたしはこういう気の遣い方は嫌いじゃなかった。繊細に、そしておのおのの箇所を丁寧に磨き上げる作業は、人形の家を手入れするような感覚になり、けれどその感覚がつかめると、わたしはここでの清掃が上達していった。ホームの施設長に、「庭の手入れもしましょうか」と申し出たのは、わたしの技術が相当あがったことによる。

辞めるとき、神崎さんは本当に残念そうだった。旦那さんが転勤で、一緒についていくのだという。親しかった清掃スタッフたちとの送別会では、さきイカをくっちゃくっちゃさせながら、「みんなほんとうらやましいよー」と半分泣いていた。わたしは彼女が頼んだ鶏の唐揚を独り占めしながら、まあそうだろうなと思っていた。神崎さんはサボりぐせがあり、正直彼女が担当した次の日は、余計に仕事が増えた。ベッドの下の埃はそのままで、便器の裏には茶色いうんちの塊がこびりつき、シャワー室の天井は濡れっぱなしだった。入居者からのクレームもたびたびあり、だけど肝っ玉だけは戦国武将並みの神崎さんは、「そうですかあ?」と知らぬ存ぜぬという風にのほほんと受け流していた。彼女はとにかく勤務が柔軟で、早番も遅番も「いいですよー」の一言で、前日であってもOKを出したし、なんなら当日の朝でも「五分ぐらい遅れますけどー」で来れたし、六連勤ぐらいしたってへっちゃらだったから、会社としても重宝していて、あまり突っ込んだことが言えなかったんだと思う。「旦那が不慮の事故で死んだら戻ってくるよー」と神崎さんは物騒なことを言い、店を出るまでまだ(たぶん)さきイカをくっちゃくっちゃしていたから、ときどき落ちにくい汚れを見つけたときに神崎さんを思い出すと、彼女はあのイカを飲みくだせたのか心配になる。もし彼女が死んで火葬が行われたとき、イカも炙《あぶ》られて、部屋中に香ばしいにおいが漂わないだろうか。わたしはそんなことを考えて、それだったら神崎さんの葬式に出てみたいな、と思った。呼ばれないだろうけど。

神崎さんの後任はなかなか来なかったから、わたしにも「なんとか五日、四日でもいいから。なんなら半日とか数時間でもいいから入れないか」と打診が入ったが、頑《かたく》なに断った。わたしは空いた時間を、他のことに使いたい。生活もギリギリだし、家賃も遅れがちだけど、何かのために、誰かのために働くのがイヤで、この仕事を選んだのだ。だから、わたしの日常はあまり変わらなかった。朝やって来て、ルーティーン通りに各部屋をクイックルワイパーで掃除し、便器の中に腕を突っ込んでカピカピのうんちをとり、仕上げの雑巾がけを端から端まで行い、水道のパイプも顔が映るぐらいにきれいにした。そして、バス停に赴き、そのニセモノの素数の時刻表をひとつひとつ丁寧に磨き上げ、サトウさんとおしゃべりをした。

というようなゆったりとした時間も、さすがの人手不足でそろそろ限界に近くなり、だから、マリアさんが来たときは、よっぽど人がいなかったんだな、という感想がはじめに来た。今日は会社の事務所来て、と言われて紹介されたのが彼女で、「お、黒いな」という言葉が頭に浮かび、これは口に出しちゃいけないやつだと、きゅっと唇に力を入れた。

「アフリカ人？」

「アフリカという国はない」

わたしの質問に、ぴしゃりと三島さんは答えた。エリアマネージャーの彼女は、ときどきそういう、刀で切ったような物言いをする。「そもそも、肌の色と国籍は関係がない。黒人はアフリカだけに住んでいるわけではない」

マリアさんは三島さんの様子に少し困った表情を浮かべていたが、

「ウガンダからキマシタ」

と、カタカナでぴょこりとお辞儀をした。ウガンダ、と聞いて、まずはお笑い芸人という言葉が思い浮かび、でも顔は出てこず、ウガンダねえ、とわたしはバカみたいに繰り返した。

「夫が日本人で、結婚して、だからキマシタ」

「それはおめでとうございます」

わたしがそう言うと、三島さんはじろりとした。音が出るタイプのじろりだ。

「とりあえず一か月が試用期間なので、その間に久住さんに彼女のサポートをしてもらおうと思います」

「わたしが？」

「なにか問題がありますか」

えーと、とわたしは考え、口を開きかけ、いや、これはたぶんじろりだと思い、

「特にありません」と目を逸らしながら答えた。三島さんは、「しばらくシフトは久住さんと同じにしたので、一緒に勤務をしながら仕事を覚えていってくださ

い」と、マリアさんを見た。はい、という大きい返事で彼女は答え、よろしくおねがいします、と、またわたしに向かって頭を下げた。わたしは、ええ、ども、よろしく、とつかえながら返事をした。

次の日から、マリアさんはわたしと一緒に働くことになった。

「あの、日本語わかる？」

三島さんがいないので、雲母園の更衣室で、わたしは単刀直入に訊いた。「何語をしゃべれるかわかんないけど、わたし、英語もからきしだから、日本語わかんないと教えらんないよ」

「だいじょぶです」相変わらずカタカナの調子でマリアさんは言った。「ふつうのはオッケーです。だんなさんとも日本語で話すようにしてるので」

ほんとかなあとわたしは思いながら、彼女のまさに「外国人」というイントネーションを真似るように「オッケーです」と返した。にこっとマリアさんは笑い、歳がわからないなとその顔を見つめながら、案外若いのかもなと考えた。

人に物を教えるなんて一度もしたことがないので勝手がよくわからなかったが、基本的な研修は受けているということだったから、とりあえず自分が普段行っている業務を伝えることにした。

「ここは普通の掃除の場所と違うからね」

わたしがそう言うと、熱心なことに、マリアさんはメモをとっていた。興味を惹かれて覗くと、英語で書かれていたのでわたしにはよくわからない。

「まずは入居者の部屋の清掃を教えるよ」わたしはそう言って、大谷のおばあちゃんの部屋に「しつれいしまあす」と入った。大谷のおばあちゃんは寝たきりでまったく動くことがないので、いちばん清掃が楽だからだ。

「他の清掃ともっとも違うのは、たぶんあんまり掃除機を使わないことだね」

わたしはそう言ったあと、ウガンダに掃除機はあるのか？　と疑問が湧いたが、そのままにした。清掃用具の入った大きな籠型の青いランドリーカートをわたしはゆっくり押しながら、入居者の部屋のドアを指さす。

「ここでの清掃の絶対的優先ルールは『音を立てない』こと」絶対的優先、という意味は絶対わかんないだろうなと思ったけど、「ビーサイレント？　オッケー？」とわたしは続けた。マリアさんは頷《うなず》く。「部屋に誰もいなければ別にいいんだけど、人がいるときは掃除機は使わない。ハンディモップで埃をまんべんなく落として、それからクイックルワイパーで拭き掃除をする」

クイックルワイパーに首をかしげていたので、ランドリーカートから出して使ってみせると、ぱあっとマリアさんの目が輝いた。

「これ、すごいですね」

「すごい？」

「モップみたいにして、そのままゴミをとって捨てちゃうことですね？　すごい」

まさかクイックルワイパーにそんなに食いつくとは思わなかったので、わたしは戸惑うと共に、ちょっとだけ誇らしい気持ちになった。無論、自分が発明したわけではないけれど。

それから、ひと通り部屋の掃除をしてみせた。わたしはルーティーンをがちがちに決めていて、まずは埃とり、拭き掃除、それから水回りという工程だ。大谷のおばあちゃんは寝たきりなので、ほぼ汚れがないが、それでも胃ろうのチューブから漏れたものが、床に痕になっていることがある。最後の雑巾がけで、洗剤をスプレーで吹きかけ、丁寧にとる。

「すごい」

ひと通り見せると、マリアさんはそう言った。ね、とわたしがクイックルワイパーを掲げて見せると、違くて、と彼女は言った。「クズミさんの動き。達人」

おいおいほめ殺しか、とわたしは苦笑したが、まんざら悪い気もしない。照れ隠しに、「達人の掃除終わりましたよー」と、大谷のおばあちゃんに声をかける。彼女は返事をしてくれないので、「大儀であった」とわたしが口真似すると、意味がわからなかったのか、マリアさんは曖昧な笑みを浮かべた。

それから、マリアさんに隣の部屋の清掃を行ってもらった。動きはたどたどしいところはあるが、意外に丁寧だなとわたしは思った。

「ウガンダ人はきれい好きかもしれません」わたしがそのことを伝えると、マリアさんはそう答えた。「一日は掃除から始まりますから」

「掃除は女の人がするの？」

「そうですね。私、田舎の出身だったから、子どものころからしてました。男は薪集めたり力仕事、女は掃除とか料理」

へえ、とわたしは頷き、それからホールの清掃業務を教えた。基本的にモップで水ぶき、滑りやすいから洗剤は使わない、テーブルにつっぷして寝ている入居者さんもいるから必ず声をかける、端から端まで、縁もきれいに、などということをわたしはしゃべり続け、マリアさんはいちいちメモをとっていた。

施設の中の清掃をだいたい終え、庭はどうしようかなあと思い、まあ案内がてらと「たまに外も掃除するけど、これはオプションだから」と言い訳のように付け足しながら表に出る。これはナツミカン、枯れちゃったアジサイ、キョウチクトウは毒だよ、などと言いながら歩いていたら、バス停のベンチに座るサトウさんに出くわした。二時を過ぎてるしな、と思いながら、マリアさんを見てサトウさんがどんな表情をするか気になった。

「こんにちは」

いつも通りあいさつをすると、サトウさんもいつも通り「ほいいい」と返事をして、そうしてマリアさんを見た。「おや」という声を出す。「こんにちは」とあいさつをする。終わり。終わり?

「おばあちゃん、コニチワ」

マリアさんが丁寧に頭を下げると、サトウさんも「どうもお」と頭を下げる。特にサトウさんはそれ以上続けず、マリアさんもなにを話していいのかわからないのか黙っている。わたしは、「おばあちゃんはダメだよ」と、マリアさんに向かって言う。「高齢者はプライド高いし、ここにいるのはおじいちゃんおばあちゃんだらけだから、ちゃんと名前で呼んであげなきゃ」しゃべりながら、なんだか自分の心がささくれ立っているのを感じる。すみません、とマリアさんは殊勝な顔で、言い直そうとする。

「えーと」

「サトウさん」

「サトウさん」

マリアさんは繰り返した。「サトウさん、コニチワ」

「こんにちはあ」

サトウさんはゆっくりと返事をして、「バスが遅いのよ」と呟《つぶや》いた。「バス？」とマリアさんは不思議そうな顔をして、そういえばこのニセモノのバス停のことはマリアさんに伝えていなかったことに気がついた。この場で説明するわけにもいかないので、「ウガンダにもバスってあるの？」と話をそらした。

「えーと、あるにはあります」それから、オムニバス、と口にする。オムニバス。なんか、小説とかでそういうのあった気がする。わたしが黙ってると、日本語ではなんていうかシリマセン、とマリアさんは言う。

「大きめの車に、一〇人ぐらい乗るです。ルートは決まってて、好きなところで降りれます。マタツ、という名前です」

「マタツ」

「意味は3です。スリー」

「なんで？」

わたしの質問に、マリアさんは「さあ」と首をひねった。「でもスワヒリ語からきてると思います」

いまいちピンとこない説明で、わたしは、ニュースで見た、インドの列車にたくさん人が乗っていて、屋根にまで座っている写真を想像してみた。わたしたちが話している間、サトウさんはぼーっとしていたが、会話の合間を縫って、「今日は来ないのかねえ」と、自分でベンチから腰を上げた。マリアさんがするりと近寄り、サトウさんの背中に手を添えた。爬虫類《はちゅうるい》を思わせる静かな動作で、その自然さにわたしは、はあ、と息を漏らした。

「ありがとね」

サトウさんが杖をついて戻る背中を、マリアさんはじっと見ていた。「母をウガンダに残してきたので」そう彼女は言った。訊かれてもないのに、とわたしは思ったが、黙っていた。「この国のおばあちゃんは幸せそうでよかったです」

そうか？　とわたしは反論しそうになる。「そうか？」と口に出す。が、小さな声すぎて、マリアさんに届く前に、淡い海風にのって消えていってしまう。

他のご老人たちが、マリアさんを見てどう反応するかと、数日見ていたが、存外に常識的な反応で、わたしは拍子抜けした。

「肌がほんとに黒いんだねー」と、施設最高齢の工藤さんがしみじみと口にしたのが、わたしの中のヒヤリハットセンテンス体験で、他の老人は、「マリアちゃん」とか「マリちゃん」などと、すぐに名前と顔を覚えた。確かに、わたしらみたいな清掃員など覚える気のない彼らにとっても、日本語にもある名前だし、記憶しやすいんだろう。

でもひとりだけ、永峰さん、というおじいさんだけは違った。

「そんな人に部屋を触ってほしくないよ」

テレビだったらピーッと音が入るような単語を吐きながら、彼は職員に喚《わめ》いていた、そうだ。永峰さんのお話ルーティーンは、全共闘時代までさかのぼり、ヘルメット被って角材抱えて突進した武勇伝を何度も聞かされた。から、そういったアドレナリンが出るような体験が、旧弊すぎる差別感情とどこかで結びついているのかもしれない、とわたしは思ったが、それが具体的にどういうことなのかは見当もつかなかった。とにかく、永峰さんの部屋はわたしが常に担当することになり、マリアさんは彼の視界に入らないようにする、という取り決めになった。

とはいえ、永峰さんは足がかなり弱ってるので、施設内で出会うことは少なかった。

「アメリカで黒人に会ったことがある」

と言う人もいた。入居者の中では頭がしゃっきりしている人だったから、そんなに突拍子ない話ではないのかもしれない。「オレが旅行したのは、まだ、アパルトヘイト？　みたいなんがあるときやったから、トイレまで別になっててびっくりしたよ」

「聞いたことあります」

マリアさんはおずおずという感じで答えた。おずおず。確かに、マリアさんはアメリカの黒人とは別に関係がない。

「今はこうして日本にまで来れるようになったんやから、よかったなあ」

「ありがとございます」

そうマリアさんは言ったが、そんなの彼女に関係ないだろ、と思ったわたしは、さっさと部屋の掃除を終わらせ、「しつれいしましたー」とマリアさんの手を引いて出ていった。

「ああいう話、いちいち頷かなくたっていいんだよ、キリないんだから」

わたしが言うと、マリアさんは困った顔をした。

「でも、おとしょりの話、おもしろいです。みんな、やさしいし」

「だけどさ」

と言いながら、自分がなにを言えばいいのかよくわからなくなり、「まあ、仕事してくれればなんでもいいけど」と、話をむりくり結んだ。

マリアさんの仕事ぶりがよかったことも、評判が悪くないことにもつながっていたのだろう。入居者のものを動かしてもぴったり元の場所に戻せるし（神崎さんはテキトーで、物の場所がよく入れ替わった）、声かけも、たどたどしい日本語が逆に柔らかに感じられ（神崎さんは圧倒的声量すぎた）、いつもは不服そうな顔をする入居者も「はいはい」という感じで顔をしかめながらちょっと微笑んで対応する姿が新鮮だった。ほんとに、永峰さんは例外、という感じで、わたしは彼の部屋の掃除を必要以上にきれいにした。部屋に入られるのをそもそも嫌う人なので、これが最高の嫌がらせなのだ。

ただ、いかんせんいろんなことに時間がかかりすぎていた。ひと部屋を終えるのに、わたしの倍以上かかる時もあった。

「ウガンダのお母さん、お父さんにも、言われました」

もうちょっと早くできない？　と「指導」すると、マリアさんはそう答えた。

「お前はなにをするにも遅い。ンポランポラだって」

「ンポラ？」

「ンポランポラ。スローリー、ゆっくり、ってコトです」

「ンポランポラ」

わたしは繰り返してみる。マリアさんは笑い、「あんまり言わないでください」と顔を赤くする。いや、たぶんしたんだと思う。よくわからんけど。小学生のころに知ってればしりとり無双できたのに、とか思ったけど、しりとりをする機会はもうなさそうだった。しりとりは人間が二人必要だから。

お昼休みは、施設の職員と同じ休憩スペースを使わせてもらう。とは言っても、清掃と介護職員の休憩時間はずれているので、多くの場合はわたしたち以外に誰もいない。ワイドショー的な番組を見ながら、ぼけーっとひとりで過ごしていたのが、今はマリアさんとぼけーっと過ごしている。マリアさんは日本語の勉強になるからとドラマを観たがったので、刑事ドラマとか、昔の学園物の再放送とか、そういうのを熱心に視聴している。

「こんなんで覚えられるの?」

「日本語とウガンダの言葉は、あのー、あれが一緒なんです、プロナウンシエーション」

「プロ、なに?」

「えーっと」マリアさんは手元のスマホに「プロナウンシエーション」と吹きこ

むと、「発音」と機械音声で返ってきた。「あれ、ア・エ・イ・オ・ウ、が一緒です」

「母音？」

「ボイン？」

お互いよくわからない顔をしたが、「だから、言ってる意味はわからないけど、しゃべるマネ、けっこう得意です」と、マリアさんは言った。そんなもんか、と思いつつ、じゃあ自分もウガンダの言葉覚えられんのかな、と、「なんか教えてよ」と言ったら、「ニャボ」と答えた。

「ニャボ？」

「女、て意味」

「ネコみたい」

わたしが言うと、「そうね、ネコっぽい、女は」と、とんちんかんな返事があった。

「男は？」

「セボ」

「うーん」と唸り、「サボってそう」と答えると、「サボッテ？」と訊ねるので、「仕事しないこと」と言うと、「それもそう」とマリアさんは笑顔になった。「ウガンダの男、よくサボッテする」

「じゃあセボるだね」

その言葉が気に入ったのか、ひとしきりマリアさんは笑い声を上げ、「クズミさん、ほんとにおもしろい」と言われた。そんなことを言われたのは初めてだったので、わたしはどんな顔をすればいいのかわからなくて、とりあえずにいっと唇の端を上げる努力をしてみた。うまくいったかはわからない。

マリアさんはお昼はコンビニのパンとか、カロリーメイト的なものとか、そういうのばっかりだった。料理が苦手なのかと思ったが、「日本の食べ物の使い方に慣れてなくて」と言った。試しに、わたしが握ったおにぎりをあげると、目を輝かせて、「いいですか⁉」とぱくぱくっと食べた。具材は梅干しだったのだけれど、それも「酸っぱいのスキです」と、ぜんぜん気にしてない様子だった。あんまりおいしそうに食べるから、次のときに余分に持ってくると、悪いから、と、百円玉をくれた。いいよ、とわたしは断ってみせたけど、いいから、とマリアさんが差し出してくるので受けとり、エプロンにするりと入れた。

その次の日、わたしはお弁当をふたつつくった。おにぎり、卵焼き、ウインナー、ブロッコリー、ミニトマト。ベビーチーズもつけた。彩りはよく見えるけど、正直手間も材料費もあんまりかかってないやつだ。卵焼きは一個だけしか使ってない薄々サイズだし、ミニトマトは半分に切って嵩《かさ》増ししている。でもマリアさんは「スゴイスゴイ」を連発して、おいしそうに平らげた。それからちょっと考えて、わたしに五百円玉を渡した。いいよ、と言いながらも手はするする伸びて、左の掌に載ったその硬貨は、たぶんマリアさんが次の瞬《まばた》きをしたときにはエプロンのポケットへと消えていた。わたしは材料にかかってるお金とその五百円玉を差し引いて、これからの勤務日数でかけ算して、どのぐらい余裕が生まれるかを空想して、ちょっとマリアさんへの声のかけかたがやさしくなる。

だから、というわけでは、たぶん、きっと、ないと思うけど、わたしはちょっとした裏技をいくつかマリアさんに教えるようになった。エプロン洗うときに施設の洗濯機に混ぜると楽だよとか、交通費申請するときはバス経路じゃなくて電車経路の方が高くもらえるよとか、タイムカードは一五分刻みだからそういうタイミングで押そうね、とかそういうこと。「飲み物忘れてきちゃった」とマリアさんが困っていたときは、休憩スペースのスティックのコーヒーとか紅茶のティーバッグを教えてあげた。

「これは勝手に飲んでイイですか？」

と訊ねるマリアさんに、ホントは職員同士がお金出しあって買ってるんだろうな、とは思ったけど、「まあひとつふたつならいいんじゃない？」とわたしは答えた。マリアさんは真面目な顔して逡巡していたようだが、「今日はいいです」

と、結局水道の水を飲んでいた。けっ、とわたしは思い、「けっ」と口に出してみるけど、口に出してみると本物じゃない言葉みたいでなんだか変な感じがした。

休みの日に、わたしは雲母園を訪れることがある。「忘れ物しちゃってー」とか、「明日の仕事の様子確認したくて」とか、適当な理由を告げると、すんなり入れてくれる。毎週だと怪しまれるから、日を置くようにしている。

いつものように、適当な言い訳をして更衣室に入ると、その日はマリアさんがいた。げ、という声を出してしまい、気づいているのかいないのか、マリアさんは笑顔で振り向き、「コニチワ」と言う。

「なにしてんの？」

「仕事の準備《ジュビ》です」彼女は清掃用具を整理しながら答えた。「まだまだ覚えることと、たくさんあるから、れんしゅうしてます」

ひええとわたしは思う。いい子ちゃん、という言葉が浮かび、ああそれは自分に向けられたことがあるなと記憶の水面《みなも》がさわさわ揺れる。小学校のころ、ヤマダだかヤマモトだかいう男子に、「いい子ちゃん」と言われた。ぜんぜんいい子でいる気がなかったわたしはむしろ驚いて「わたしいい子？」とその男の子に訊いた。彼は「けっ」とマンガみたいな返事をした。わたしはただ、掃除をしていただけだ。ドアのレールの溝を、自分でつくった自作のマイ掃除用具（割り箸にガーゼのハンカチをぐるぐる巻いている）で、ごしごし汚れをかき出していただけだ。それは教師に気に入られたいとか、この世のすべてをきれいにしたいとか、打算や崇高な理由があるわけではなく、友達がいなかったからだ。休み時間に外で遊ぶ子も、教室でおしゃべりする子もいないから、なんとなく、自分ができることを、できる範囲でやっていただけだ。それは暇つぶしとか趣味に近い。小学生に、掃除が趣味の子がいれば、友達になれたかもしれないが、そういう子はいなかったし、それからも見つけることができなかった。以来、掃除を熱心に行う姿を見せるのは「いい子」だと思われることがわかったので、なるべく人に見えないところでこつこつ学校をきれいにすることにした。でも、誰も気づかなかった。わたしに、だけではなく、きれいになった、ということに。

「えらいね」

わたしは短く言って、少し迷ったが、エプロンをつける。

「クズミさんお仕事?」と訊かれるが、まあわたしも練習みたいなもん、とだけ答えて更衣室を出て行く。

サトウさんは部屋にいた。わたしはきょろきょろ辺りを見回し、中に入るとそっとドアを閉める。

「あらあら」いらっしゃい、とサトウさんはわたしに目をやる。特に何かをしていた様子もなく、ソファーの形にした電動ベッドにもたれ、窓の外を見ていた。サトウさんの部屋から水平線は見えない。青々としたカエデの木が塞いでいる。

「ミサキです」

わたしはサトウさんに話しかける。エプロンは入るときに外していて、ドア近くの棚に置いている。今日は出かける前に、髪を上げて、化粧も濃い目にした。こういう日のためだけに、わたしは近所のスーパーにある若い子向け（だと目される）アイラインを買っている。「久しぶり、おかあさん」

サトウさんは胡乱《うろん》な目をしてわたしを見る。五秒とか、一〇秒とか、もしかしたら五〇年ぐらい。それから、わたしから目を逸らし、「冗談はよしな」と言う。「ナギサさん、それあんまり面白くないよ」

なぜなら、ミサキというのは、サトウさんの二人目の子供で、高校を卒業した途端にどこの馬の骨ともわからない男と結婚というか駆け落ちというかそういうことをして、それから滅多に家に寄りつかなかったくせに、男が死ぬか逃げるかして実家に乳飲み子を抱えて転がり込んで無心を一年間ほど続けて、またぱったりと姿を消した、という経歴を持っている、「ボケた母親の見舞いなんか」「あいつは死んだようなもんだ」「ていうか死んでろ」状態の人間だからだ。

「あの子が来るときは、あたしを天国か地獄に連れてく遣いか邏卒《らそつ》としてだよ」

唾を一生懸命飛ばしながらサトウさんはしゃべった。ミサキのことになると、サトウさんの口はよく回った。「邏卒」なんて言葉、三好達治でしか聞いたことがない。そんな風にしゃべってくれるものだから、わたしは今や、サトウ家のファミリーヒストリーについてかなり詳しくなっている。頼まれれば一冊の本にまとめることもできるかもしれない。題名は『サトウ家の一族〜その波乱の人生』とかなんとか。

「ナギサさんはほんとにしっかりしてるんだから」しみじみとした調子でサトウさんは言う。だいたいいつも、そうやって締めくくるのだ。「うちのバカ息子はまあ仕事してるだけ偉いけど、あんたみたいな子が嫁いでくれてほんとによかったよ……。あんたがあたしの娘だったらどんなにかよかっただろうに」

「でもおかあさん」わたしはしつこく続ける。「わたしはミサキなんだよ」

それからわたしは、自分自身がミサキであることを証明しようと、生い立ちから家出、結婚、出産、出戻り、また家出、それからの地獄のような日々について、話をしてみる。そのいくつかはサトウさんが吐瀉物《としゃぶつ》でも口に含んだように話している事柄と重なり、他のいくつかは彼女の話を膨らませたもので構成されている。サトウさんはだんだん混乱してくるのか、どよりんとした目がますますどよどよりんと垂れ下がっていくのだが、やがて面倒臭そうに「もう今日は疲れたよ。はやく家に帰りなさい」と、布団をかぶってしまう。

わたしは潮時だと思い、「じゃあまた来ますね」と声をかける。サトウさんはいびきのような音を立てて、それが返事になる。

あたりをうかがおうとドアから首だけ出すと、マリアさんが目の前にいて、ばっちり目が合った。あ、という顔をしてしまうが、マリアさんはにこやかに「ここにいたんですね」と言う。「れんしゅうですか?」

「まあ、れんしゅう」

マリアさんはあのメモをまた手にしていて、地図のようなものを書きこんでいた。サトウさんの部屋は「ＳＡＴＯ」とあり、なにやら線が引っ張られていて、そこにまた英語の走り書きがある。

「なにこれ」

思わずそう訊くと、「だれがどこにいるかおぼえてるんです」とマリアさんは言った。「入っている人、いろいろいるから、どんなこと気をつけるか、メモしてます」

ご苦労なこって、と口にして、「コッテ？」とマリアさんが首を傾げ、なんでもないよ、とわたしはその場を離れた。帰りに給湯室に寄って、コーヒーのドリップバッグとスティックシュガーとスジャータをバッグに詰めた。

マリアさんの歓迎会をしよう、と言い出したのはなぜか神崎さんで、その日はＴＤＬに行くからさあ、と、グループＬＩＮＥで連絡が来た。彼女が来てから一か月ぐらい経ったころだった。

「もう九州最悪。男尊女卑すぎる。死ね。男はみんな死ね」

いつもの飲み屋に集まると、とりあえず神崎さんは自らの福岡話を披露した。

「こうさ、旦那の同僚が家に遊びに来るわけよ。そしたら、席に座ったまま、空のグラスをぐいっと差し出すの。空中に」神崎さんはその様子を再現してみせた。

「え、なに？　乾杯？　と思うじゃん。そしたら、そのまま一〇秒ぐらいかたまって、不思議そうな顔してあたしのこと見んのよ。あ、お酌しろってこと？　って気づいてからも、なんであたしがそこまでしなくちゃなんないのよ、目の前にある瓶が見えねえのかてめえは、ていうかそいつで殴ってやろうかと思うんだけど、まー、郷に入ればってやつでさ、どうぞどうぞーってやっちゃうあたしもいるわけ」

他にも、旦那の実家が近くて買い物リストまで筒抜け状態だとか、セクハラとパワハラが横行どころか歩行者天国状態だとか、酒ばっか飲んでる、あ、でもこれはありがたいか、などなど、ありとあらゆる悪口を肴《さかな》にお酒が進んだ。もちろん、マリアさんも同じ席にいて、ニコニコしているが、おそらく話の半分もわかっていないだろう。

「マリアちゃんだっけ？」

ようやく悪口雑言の奔流が一段落したあと、神崎さんはマリアさんに向き直った。「アフリカ？　遠いところからえらいねえ」

「ありがとございます」

マリアさんは丁寧に頭を下げ、わたしは、ウガンダな、と口の中でもごもご言うが、喧噪《けんそう》の中に吸いこまれて誰にも届かないし、その言葉と一緒にわたしは神崎さんが頼んだ刺身盛り合わせのふたつしかない中トロを急いで食べる。

「旦那はなにしてんの？」

別の同僚の質問に、「ミュージシャン？」と、マリアさんはなぜか半分疑問形で回答する。すごいじゃーん、と声が上がり、CD出してる？　テレビ出た？　オリコン何位？　などという矢継ぎ早な言葉に困った顔をしていた。名前を聞いたひとりがケイタイで調べて、「すげーラッパーじゃん」と、みんなに写真を見せた。わたしは遠くからその画像を眺めたが、後ろ向きにかぶったキャップとサングラスにじゃらじゃらの金属は、あまりにもイメージ通りすぎて、逆に感想が出てこなかった。みんなも少し困った表情をして、あれでしょ、クラブみたいなとこでやってんでしょ、すごいじゃん、などと中身のない賞賛を口にした。わたしはそれよりも、この一か月の間、我慢していた質問が次々となされ、この一時間ぐらいの間にマリアさんのひととなりが解剖されていく様を見せつけられ、刺身のツマをがさりと箸ですくい、しょうゆ漬けにして一口で食べた。

「どう、この子?」

急に神崎さんが、わたしに話を振った。にやにやっとした表情で、「あたしの代わり、務まってる?」

「はい」

わたしは口をもぐもぐさせながら答えた。「覚えも早いし、がんばってます」

「えー、そりゃないよー」

大きな口を開けて神崎さんは笑った。まああたしテキトーだったからなあ、と彼女は口にして、「そんなことないですよー」という言葉で他の同僚が拾う。いやいや、そんなことあるっしょ、と、わたしは彼女の担当した次の日の汚れの固着具合を思い出すが、そうですねーせーぜー神崎さんの爪の先ぐらいかなーなどという言葉を頭の中で組み立て、でもそれを発する機会を失ったまま、話題はまた別のものへと移る。グラスを手にする神崎さんの爪は、ゴテゴテとカラフルに彩られている。

「ほんといい職場だったよー」

店の前でも、何度目かの「いい職場」発言をした神崎さんの目は潤んでいた。わたしはその輪の更に外周あたりにいて、隣にはマリアさんがニコニコしながら見ている。ねえ、とわたしは半歩近づき、彼女に言う。「ちょっと飲み直さない？」

「飲み直す？」

彼女は眉を下げて、その日本語の意味が理解できないという態度を示した。彼女がこのひと月の間にそういう仕草が上手になったのか、わたしが読みとるのが自然にできるようになったのかはよくわからない。

「もう一回飲みに行くってこと。別の店に」

「もう一回？」マリアさんはますます困った顔になった。

「なぜって」

わたしは言葉に詰まる。「理由はないよ。なんか、マリアさんと飲みたくなったから」

「なぜでですか？」

「お酒はもう、チョット、イイデス」

マリアさんは首を振り、「ウガンダ人、お酒強くないから。女は特に」

でも、それから、おずおずと、「だけど、私もクズミさんとお話ししたいから、お休みうちに来ませんか？」と付け加えた。

そういう意味じゃないんだけど、今日、いま、この瞬間に、さっき浴びた真っ黒くて落ちにくい固着した汚れを新しい酒で洗い流したいだけなんだけど、と思うが、「いーよ」と結局は答える。しかも、いつもより少し高めの声で。

いつの間にか、神崎さんの集団は駅に向かって歩き始めている。わたしとマリアさんはその後ろを、なんとなく並んで歩き始める。秋のくせに、ちょっと暑い日で、わたしはマリアさんの汗のにおいを感じた。

マリアさんとは、雲母園近くのバス停で待ち合わせた。本物の方だ。

「車がないと行きにくいところなんです」

その日も暑く、わたしはネコのイラストのTシャツにジーンズというやる気のない服で、マリアさんは、裾の広い、フレアパンツみたいなものを穿いていたが、ずいぶんと鮮やかな緑と黒のマーブル模様が、肌の色とよく似合っていた。足も長いし。わたしが着たらたぶん、擬態前のカエルみたいな感じになるんだろう。

ゲロゲロ。

平日のバスは空いている。というか、わたしたちの他に誰もいない。律儀に運転手はわたしたちが座るまで待ち、バスを発車させる。アナウンスは録音された女性の声で、ひとつひとつ丁寧に終点までの停留所を述べたあと、英語で同じことを繰り返した。季節外れの暑さが続き、なんとなくつけられたであろう冷房は効きすぎていて、羽織るものでもあればよかったと、わたしは腕をさすった。

「寒い？」

マリアさんが訊ねた。わたしはそれには答えず、「ウガンダの方が暑いよね」と言った。

「そうでもないです、日本、暑すぎる」彼女は笑った。「ウガンダは、ハイト、えーと、高さ、が高いです」

「高さが高い」

「山みたいに、高い。山ではないんですけど。だから、暑いけど、暑くない」

「暑いけど暑くない」

「ごめんなさい、へんな日本語ですね」

いや、そんなことは、とわたしは口ごもりながら言った。視線を落とし、前の席の青い座席のひし形の模様の数を数える。

「うーんと、ヒューミッドがない」マリアさんはなおも続けた。「なんて言えばいいだろ、かわいている感じ」

「ああ、湿度がないのか」

「そうそう。日本、ベタベタするから、すごい修羅」

修羅、というワードセンスにわたしは思わず吹き出し、つられてマリアさんも表情を和らげた。「どこで覚えたの?」と訊ねたら、「ジダイゲキ」と返ってきた。

「日本は修羅」

わたしは言葉の輪郭を確かめるように呟き、マリアさんも真面目な顔をして、

「日本は修羅」と繰り返した。

バスは海岸沿いを走った。海岸線、と名付けられてもいるが、堤防が高く、波打ち際まではそこそこあるので、そんなにはっきりと海を感じられるわけでもない。遠くの岬には灯台が見えるが、この路線はそちらには行かず、内側へと入っていくから、もうすぐその青は消えていく。名残惜しいわけでもないが、なんとなく、その色を留めておきたくて、わたしは窓の外を見ていた。

「海はあるの?」

「海はないです」

わたしの質問に、マリアさんは首を振った。「ヴィクトリアレイクという、大きい、海よりも小さい、池よりも大きい、えーと」「湖?」「そう、みずうみみたいなものはありますけど、海のない国です」

「どれぐらい大きいの?」

「それはよく知りませんけど、隣のルワンダって国より大きいです」

すごいな、とわたしはその湖を想像した。大きな海みたいな水平線に、小さな一隻の舟がこぎ出していく。わたしはその岸辺に立つ自分を思い、それはサトウさんの立ち姿となった。ある日、部屋でサトウさんと話していた仕事の休みの日、「ずっと待っていたのよ」とサトウさんは言った。

「その日は大しけだったの。内地はそんなこともなかったんだけど、海の向こうの向こうは荒れに荒れていたと、あとで聞いた。あたしのお腹の中には子どもがいて、まだ小さかった息子は実家の母親に預けていて。それなのに夫は予定の日になっても帰ってこないから、居ても立ってもいられなくなって、それで、灯台のある岬まで行ったら、その海は静かなもんでね。ざざんざざんって、それぐらい。なんだかそのとき、あたしの他には誰もいなくて、あたしはこの子と二人きりで、それだけで、それだけで、ほんとうは、それだけじゃないんだろうかって、そう思ったの」

サトウさんがそんなに長い文章をはっきりとしゃべったのは、それが最初で最後で、わたしの記憶に残った。記憶。というのはもしかしたら違うかもしれない。

それはなんか、電気信号的なやつではなくって、もう少しゆっくりな速度で、沈殿するように揺れる手触りだったから。そういえば、そのあと、旦那さんが帰ってきたかどうかは、訊いていなかった。

バスは住宅街に入り、細い道を進んでいった。わたしはふだんこの路線を利用しないので、初めての道であり、どことなくピクニックにでも行くような気分で、窓の外を見ていた。

「日本のバスは揺れなくていいです」

マリアさんが言った。マタツ、という言葉を思い出す。「ウガンダ　マタツ」と検索して出てくるハイエースの白い車体は、バスと呼ぶにはあまりにもハイエースすぎるハイエースで、変な感じがした。

「ウガンダは道路もでこぼこなので、よく天井に頭をぶつけましたから」

恐らく本当の定員は一〇人ぐらいなのではないかと思うが、詰めに詰めてその倍ぐらい乗っている画像もあった。その上、道路事情も悪いときたら、確かに日本のバスはゆりかごにでも思えるだろう。

「この道はー」

わたしが口ずさむと、「いつかきたみちー」と、マリアさんが引きとったので、びっくりした。

「知ってるの？」

そう訊ねると、「だんなさんが」と照れくさそうに彼女は言った。「よくうたってるんです」

「ラッパーなのに？」

「ラッパーなのに」

それからマリアさんは、ぽつぽつとそのラッパーの旦那さんとの馴れ初め話をした。オートバイでアフリカ縦断をしていたという彼がマラリアにかかり、彼女の村の家に泊まったことがきっかけで仲良くなったのだそうだ。両親の反対や、彼との長い遠距離での交際など、紆余曲折を経て日本にやってきた、というような内容だった。

「あるあるだね」とわたしは言い、「アルアル？」とマリアさんは訊き返し、「フツーってこと」とわたしはまた言った。普通だ。ドラマや小説でみたことがある。いろいろあるけど、「めでたしめでたし」で終わる、普通のお話。わたしには羨ましいくらい、普通。

「フツー」

目をしぱしぱさせながら、マリアさんは呟いた。「そう言われたの、はじめて」

録音された女性の声が、わたしたちの降りるべきバス停名を伝えた。「このみちはー」とマリアさんが言ったので、「いつか来た道ー」とわたしは続け、ふたりで、「ああそうだよ」と重ねた。


バス停から五分ほど歩いた先の団地をマリアさんは指差した。

「ここです」

恐らく公団ブームのときに建てられたであろうその建物群は、寂れている、というより、剝げているという表現が合っていた。壁のペンキもそうだが、時間の重みとか、人々の意思とか、積極的な活躍とか、そういうポジティブな表現すべてが剝がれ落ちているにもかかわらず、建物だけは重厚で、そのアンバランスさがよけいに寒々とした印象を与えた。入口の「ひかり団地」という金属の看板はくすんでいて、皮肉だな、とわたしは笑いそうになった。

「これがマリアさんの家？」

「はい、うちです。マイホーム」

見た目はともかく、建物はずいぶんと建ち並んでいる。ラッパーの給料事情を心配しながら、わたしは、迷わず歩く彼女の後ろをついていく。「5」という数字が壁面に描かれた建物の前で立ち止まり、階段を上っていく。わたしは壁の亀裂や、チラシの溜まった郵便受けを横目で見ながら、そのあとに続く。

三階まで上がったところで彼女は立ち止まった。ノックをしたあと、返事を待たずにドアを開ける。せまい玄関には、履物がいくつかある。サンダルに革靴、どれも古びている。その間に上手に揃えて靴を脱ぎ、わたしたちは部屋に上がった。そのまま続いている短い廊下の先にはすりガラスの引き戸があり、マリアさんは「こにちわ」と声をかけてそこをがたたたたんと、立て付け悪く開いた。その先は、畳敷きの部屋で、思ったよりも広い。畳の和室はどうしてか実家にはなくて、わたしは畳の家に憧れて、小学校のころの友達の家の畳でずうっとごろごろさせてもらって気持ち悪がられたことがある。それから呼ばれなくなったから、あれは友達と思ったけど友達ではなかったのかもしれない。今は念願の畳のある部屋に自分は住んでいるはずなのに心弾まないのは、あそこでごろごろしすぎたせいなのだろう、などと木っ端の記憶を吹き上げた。のは、部屋の中にいたのはラッパーの日本人ではなく、マリアさんと同じ黒人で、なんだかその現実がよく咀嚼できなかったからだ。三人ぐらい、丸いテーブルを囲んでしゃべっている。男が一人、女が二人。最初に目についたのは、そのテーブルの真ん中に置かれたお菓子の山。ポッキー、ばかうけ、きのこの山。それにペットボトルが何本か。安いパーティー会場みたいだった。

「マリアさんの、兄弟?」

とりあえず訊いてみると、「そんなものです」と答えが返ってきた。そんなもの、ということは、そうではない、ということだ。つまり、他人だ。同じ国生まれの他人。

「ようこそ、アワーホームへ」

男は立ち上がり、わたしに握手を求めた。女性は背中に手を回し、「ウェルカム」と囁《ささや》いた。そういうあいさつの仕方に慣れていないわたしは戸惑うし、というか、戸惑っているのはあいさつの技法についてではないことにも気がついていた。

「ここが、マリアさんの、家?」

「そうです。マイホーム」

先ほどと同じやりとりをしたあと、少し年のいったように見える男性が笑いながら、「それじゃわからないでしょ」と口を挟んだ。

「ここはコミュニティです」

その男性は、名前を「アケロ」と称した。「ウガンダ人のコミュニティ。日本にいるウガンダ人は数は少ないのですが、こうしてこの部屋を借りて、ときどき集まっているんです。マリアが言っているのは、そういう〈ホーム〉です」

アケロの日本語はかなり流暢《りゅうちょう》だった。滞在歴が長いのかもしれない。にこやかでフレンドリーな声色をしていたが、わたしはいつのまにか半歩後ずさっていた。

「ほら、マリア。ちゃんと説明しないから困っているよ。えーと」

わたしの方に顔を向けながら、アケロは探るような声を出した。わたしはよくわからずに、もう一歩後ろに下がり、「名前は？」という質問に、ようやく「クズミ」という短い言葉を返す。

「クズミさん、別に我々は怪しい集団じゃない」そう言って、アケロは椅子に腰を下ろした。「ウガンダ人に限った話ではなく、日本にいるアフリカにルーツをもつ人間は少数です。今はナイジェリアルーツが増えているようですが、それでも在留外国人の一％にも満たない。いろいろな理由で日本に来るアフリカ由来の人間はいるが、やはり結婚などの関係がいちばん多いから、そうすると、日本の文化をよく知らずにやって来ることになる。そういう人たちの助けになればと思い、こうして定期的に集まっているんです」

そういえば、駅前の方にもネパール料理屋が増えてきていて、たぶんネパール人と思しき人々を見かけるようになった。わたしはカレーが好きだから、ナンをおかわりできるその店によく行く。と、従業員がちょっとずつ増えている感じがする。外貨稼ぎに、ああいう店を斡旋して渡日させる業者がいると、聞いたことがある。

「みんなウガンダ料理屋をやってる？」

アケロは苦笑いをする。わたしはどうも、思ったことをすぐに口にしてしまう。

「ウガンダ、というか、我々のようなガンダ族の主食は〈マトケ〉というもので、これは食用バナナを蒸かしたような食べ物なんですが」アケロはスマホで調べて見せてくれた。黄色いマッシュポテトみたいな料理が写っている。「ただし、日本人受けは相当に悪い。もちろん他にも伝統料理はあるが、日本で流行らせるのは難しいかもしれないね」

「うま味極限削減料理」

突然、マリアさんが難しい言葉を口にした。ウマミキョクゲンサクゲンリョウリ。にっと笑う。「うちのだんなさん、毎回食べるときそう言ってました。覚えちゃった」

「この町には服飾工場があるのだけど、一〇年以上前に、そこがウガンダの綿花を製品化して、町ぐるみで交流が生まれた。だから、他の地域と比べて、縁は深いかもしれない」

わたしもこの地域にずいぶん長く住んでいるつもりだったが、アケロの言う話は初めて知った。素直に、へえ、と感心する。

「とは言っても、みんなこの町に住んでいるわけじゃない。今は僕とマリアさんだけで、あとの二人は別のところから来た」アケロの言葉に、ひとりは数駅先の町の名を口にし、もう一人は県外から来ていた。

「ウガンダ人の日本でのコミュニティは、僕はここ以外では聞いたことがないから、けっこう遠いところから来る、という人もいる。前は九州に住んでるって人も来たよ」

九州、と聞いて、わたしは神崎さんを思い浮かべた。「男はみんな死ね」と彼女に言わしめるような場所に住む外国人というのも住みにくかろう、と思った。

「とはいえ、別にウガンダ人である必要はない」

アケロは笑って言った。「実際、ウガンダ以外の国の人間も参加している。同胞であることに、血や言葉や国は関係ない。クズミさん、ウェルカム、アワーホーム」

大きく腕を広げたアケロの姿に、わたしはただ、はあ、と気の抜けた返事をする。マリアさんも「ウェルカム」と拍手をし、他の二人も手を叩いた。傍から見たら、サプライズの誕生日会みたいだ、とわたしは思い、曖昧に笑った。

それからどんな話をしたのかはよく覚えていない。というか、英語と、日本語と、それからウガンダの現地語みたいなものが混ぜこぜになり、わたしにとってはくらくらするような時間だった。ニャボ、セボ、という言葉だけは聞きとれて、「ニャボ、セボ」と口にすると、彼らはぱあああっと笑顔になり、すごいね！ いつ覚えたの？ みたいなことを（たぶん）言われて、はあ、まあ、と意味のない返事を繰り返し、試しに「ンポランポラ」と言ってみたら、どっと爆笑され、ちょっと満足してしまった自分は、そうとうにそうとうだなと思った。

帰り道のバスで、マリアさんはいろいろとしゃべったが、わたしは無言で、ついには寝たふりをした。マリアさんはそれに気がつき、そっと車窓の外へと顔を向けていた。街灯が彼女の翳《かげ》を濃くしていて、わたしは薄目でそれを、いつまでも眺めていたいな、と思って、そのまま薄目で、いつまでも眺めていた。

翌週も「コミュニティ」に誘われたわたしは、いろいろと断る口実を見つけようとしたが、なにを思ったか「バス代出しますよ」と言ったマリアさんに、まあそれならとまたついていった。

「ウェルカム」

と、再びアケロは迎えてくれたが、部屋にいたのは前回とは違う人だった。たぶん。申し訳ないが、髪型が違っていそうだからという理由でしか判別できず、自信はあまりない。はじめましてみたいなあいさつを、その部屋の人たちはしてくれたから、きっと、そうなんだろう。

また、英語と現地語とかたことの日本語が混じった会話が繰り広げられ、でも今度は、マリアさんは気を遣っているのか、わたしに日本語で話を振ってくれた。家族は元気なのかとか、日本のいいところとか、ここらへんのスーパーの安いお店とか、あらゆる情報を訊いてくるので、わたしはだんだん答えるのが面倒くさくなってきた。家族のことは話したくないし、修羅の日本に生まれていいと思ったことなんてないし、スーパーは半額シールが貼られるまで待てという話はちょっと恥ずかしいし。

「クズミさんの名前はなんですか？」

よほど質問することがなくなったのか、マリアさんがそう訊いた。いや久住だし、と思ったが、姓名の「名」の方だろうと、わたしが自分の名前を口にすると、「どういう意味ですか？」と続けて訊ねるので、うーんと考えて、蛇、みたいな意味だった、気がする、と答えた。恐らく生まれた年にちなんだものだろうとも推察できたが、それを説明するのも面倒だった。

「日本も動物の名前をつけるんですね」

アケロが口を挟んだ。「ウガンダもそういうことがあるんです。クラン、というんですが」

それから、彼は、ウガンダの「クラン」という制度を熱心に説明してくれた。ウガンダで一番多いガンダ族には、「クラン」という氏族制度があり、子どもは親が自分で考えてつけた名前に加えて、その「クラン」という所属からも名前をもらうことになるんだそうだ。

「いろいろな族があってですね、例えばキノコとか」

「キノコ?」

「ブティコ・クランと呼ばれています。ウガンダ人の名前は、このクランによって、決められることが多いです。キノコの男の子だったら、ワガバとかムビル、とか。それをチガンダネームといいます。ガンダ族の名前ってことですね。だから、人々は初めて会った人にはクランを訊ねます」

「なんでキノコ? 昔の人がキノコ大好きだったの?」

「いや、逆のようで」

アケロは大きく口を開けて、おえーっという真似をした。「こんなふうに、僕らの先祖が食べれず吐き出してしまったものを象徴《トーテム》として名づけた、と言われています。他にもいろいろな物語があるようで、僕も全部知っているわけではありません」

それ以外には、魚や猿、牛といった動物や、植物など、五二にものぼるトーテムがあるのだとアケロは言った。

「クランにはいろいろルールがあって、その氏族に生まれた人は、同じクラン同士では結婚できない、とか、トーテムのものを口にしてはいけない、とか」

「じゃあ牛になった人は牛肉食べれないの？」

「牛にもいろいろ種類があるので、それ以外を食べればよいのです」

案外テキトーだな、とわたしは思ってしまう。「アケロさんはなんのクラン？」と訊くと、「僕は王族のアバランギラというクランで、ちょっと特殊ですね」

「すげー、王様だ」

ふと隣を見ると、マリアさんがニコニコした顔をしている。なんだか恥ずかしくなって、「マリアさんはなに？　掃除婦のクラン？」と、破れた壁紙の方へと視線を逸らす。

「ソウジフ？」

「冗談だよ」

「私は象ですよ」

「お、ぴったりじゃん」

わたしの言った軽率な言葉を、「そんなそんな」と、マリアさんは謙遜してみせた。アケロが「象はアフリカの人たちにとっては賢者のようなものだからね」と補足するように言った。ンポランポラと言いかけたわたしは口を閉じる。

「クズミさんにもチガンダネームをつけてあげようよ」

マリアさんは、ぱあっと顔を輝かせた。

「え、いいよ」わたしは首を振った。「だってわたし、ウガンダ人でも、その、なんだっけ、ガンダ族でもないし」

「血はあまりカンケーない」マリアさんはどこか誇らしそうに言った。「私たちがファミリーと思えば、その人はもう私たちのファミリーです」

もうマリアさんは乗り気なようで、あれこれ考えるようにぶつぶつ口の中で呟いている。アケロや他の人も、ウガンダの言葉っぽい言葉で、なにやら話し始めた。わたしはその様子をぼんやり眺めていたが、すうっと耳に波の音が聞こえた。もちろんそんなことはない。この場所は海岸から遠く離れている。だけど、ざざん、ざざん、と、波が寄せて引く音が、確かに耳の底の方にたまっているのを感じた。ざざん、ざざん。

「やめてよ」

わたしの声は小さかったようだが、マリアさんには響いた。わたしを見る。アケロと他の人はまだしゃべっている。「やめてよ」今度はもう少し大きな声ではっきり言った。アケロも口を閉じ、振り向いた。居心地悪そうな沈黙がやってきて、「クズミさんごめんなさい」とマリアさんが、おそるおそるという感じで言った。「クズミさん気持ち、きいてなかったね」

きいてほしいのは気持ちじゃない。そう言おうとするが、それは言葉にならない。ざざん、ざざん。今日の海はずいぶんと凪《な》いでいるな、とわたしは思う。


その後も何度か「コミュニティ」に誘われたけど、あれこれ理由をつけて断った。ああいう空間にいていいのは、国境なき医師団とか、ヒッピーみたいな人たちだけで、わたしのような人間は非常に居心地が悪い、というのが本音の理由だろうと自分で思い、「ちょっと合わないみたいで」とあるとき答えたら、「あわない？」とマリアさんに訊き返されて、彼女は単にその言葉の意味がつかみきれなかっただけかもしれないけど、改めて考えてみるとそれが本音の理由かどうかは自分でもよくわからなくなった。

仕事はいつも通りだった。わたしは隅という隅を、ありとあらゆる埃と汚れと曇りを、モップとクイックルワイパーと雑巾でとりはらい、光沢のあるものはすべて磨き上げるように心がけた。洗剤を調合して、掃除箇所ごとに使い分けた。マリアさんは徐々に独り立ちをして、時間がいっしょになることも少なくなったが、わたしは休みの日も雲母園に通っていたから、そこそこ顔を合わせた。そういう日も、休憩スペースで、一緒にお昼を食べた。マリアさんから五〇〇円もらい、お弁当を渡す。だいたいいつも同じ、おにぎりと薄い卵焼きと半分のミニトマト。おいしい、と彼女が言い、でしょ、とわたしがコーヒーを飲む。ときどきマリアさんには、職場の人間関係も教えてあげる。この老人ホームの施設長はちょっとセクハラぎみだから気をつけようとか、エリアマネージャーの三島さんは未婚だからあんなに女性に厳しいいんだみたいな裏話も教えた。

「日本も結婚してない女にキビシイ?」

「ウガンダもキビシイ?」

「キビシイです」マリアさんはわたしの質問返しに素直に答えた。「にじゅっさい過ぎて結婚してなかったら、もう、タイヘン。シャーマンにつれてかれる」

「シャーマン？」

「占い師？　日本語わからない。とにかく、シャーマンに言われて、へんな男とくっつく」

マリアさんは、今でも田舎じゃ結婚したら女の人に牛が贈られるとか、結婚パーティーは朝から晩まで開かれてぜんぜん知らない人もタダ酒あおってるとか、そういう話をしてくれた。あんまり興味ないなと思ったけど、牛をもらったら楽しそうだと想像した。家に牛が来て、毎日モーモー鳴いてくれるのだ。牝牛だったら牛乳飲み放題になるだろうし、牡牛だったら愛でるだけ愛でて、困ったら解体してステーキにすればよい。

サトウさんには、相変わらず「ミサキだよ」と告げるが、相変わらず、「お前はナギサだ」と否定をされている。わたしはミサキの証明のために、一二回目ぐらいのミサキの人生の物語を語る。ほら本が好きだったでしょ、いつも理屈っぽいって言われてさ、大学も行かせてもらったけど、文学部なんてまるで就職に役立たない上に途中でやめちゃって、ほんとごめんね。サトウさんはお昼ご飯に最後に食べた鱈《たら》の身をまだ口の中に入れていて、それをくっちゃくっちゃさせながら言った。なにを言ってんだ、ミサキは大学どころか、高校だってろくに行かなかったじゃないか。それはちがうよおかあさん、わたしは言う。それはちがうんだよ。そのミサキは、本当のミサキじゃないんだ。

「よくわからないよ」とサトウさんは寝てしまい、わたしは彼女のまるまった布団を見る。それは人間というより、彫刻に似ていた。動物とかじゃなくて、もっと抽象的な。雲とか、水とか。

雲母園の庭は冬模様になっていた。この町に雪は滅多に降らないので、シマトネリコのような常緑樹を除けば、庭の風景は淡く淡く鼠色のようになっていく。サトウさんもあまりバス停には来なくなった。それでもわたしは素数のバス停の時刻表を磨き、ときどきはベンチに座ってバスを待ってみた。待つ、という行為は不思議だ。だれかを待つとき、それは自分が主役でありながら、そこに行為らしい行為は見えない。ただぼっと立っているか、座っているか、あるいは普通の生活を送っているか、それだけにしか見えない。そのだれかが現れるまで、その人は、だれにもわからない、見えない行為を、ずっと続けていかなければならないのだ。いつもの生活の間に。いつものルーティーンの陥穽《かんせい》に。だからたぶん、わたしは、待つ、ということが嫌いなのだ。ベンチから立ち上がる。水平線を見ようとして、靄《もや》がかかったそれは、見えない。

新しいことが苦手なわたしにとって、こういう金太郎飴みたいな毎日はありがたかったのだけど、春が近くなってきて、状況は変わった。コロナだ。

辞めてくれ、と言ったのはエリアマネージャーの三島さんで、言われたのはわたしで、でも、それが言われたのは自分だとはぜんぜん思わなくて、つい辺りを見回して、神崎さんの姿を探してしまった。ときどき、落ちにくい汚れを見つけたときは彼女を思い出すが、彼女はいない。

「知っての通り、介護施設の職員以外の出入りがけっこう難しくなってきている」

三島さんは、最初から最後まで眉間に皺が寄っていた。わたしは彼女の顔の皺の数を数えたかったけど、まともに目を見れなかったので、結局は膝に置いた自分の手の皺を数えた。一〇ぐらい数えたところで、面倒くさくなってきた。「クズミさんもだいぶ休んでもらって申し訳なかった」

コロナの騒ぎがニュースになり、学校が休校になるとかそういう話の辺りで、多くの清掃スタッフがシフトを減らされ、自宅待機となった。その間も給与はある程度支払われたが、全額ではない。数少ない出勤日に訪れると、家族がホームの職員と問答している姿も見かけた。実の息子や娘ですら、面会することができないという風に聞いた。わたしはそれを横目に、いつもと変わらない手順で部屋から部屋をきれいにし、共用スペースをぴかぴかにし、バス停に座り続けるサトウさんとおしゃべりした。マスクはずっとつけたままだが、これはコロナの前からそういうルールなので、わたしの業務としてはなにも変わらなかった。コロナのことはよくわからなかったが、特に人としゃべらなければできない仕事ではないし、わたしも人と好んでしゃべるタイプではない。コロナとも関係を築けない性格、という戯言《ざれごと》が思い浮かんだが、それを披露する相手すらいなかった。

わたしはその間に、自分のアパートの部屋を隅々まで磨いた。長方形の図面を引いて、エリアごとに区分けをし、いつなにを行うかをリストアップした。換気扇掃除、エアコンのフィルターとカビとり、風呂釜のエプロン下、コンロと五徳、窓、玄関、トイレとタンク。休みの間にわたしは黙々とぞうきんと酸素系漂白剤と激落ちくんのスポンジで、曇りとカビとしみを根絶やしにしていった。引っ越し前、とまではいかないが、築数十年のアパートがその部屋だけタイムスリップしたようにでも見えたはずだ。

「結論から言うと、久住さんには辞めてもらうことになる」

三島さんは短く言った。事務所の机を挟んで話していたのだけれど、よく見ると、彼女の置かれた手は小刻みに震えていて、そうか、この人も人間なんだな、と、わたしは場違いなことを思った、から、場違いなことを訊いた。

「人員は足りてるんですか？」

「じゅうぶん足りているわけではない」三島さんはわたしが言い終わらないうちに返事をした。「清掃は毎日の業務だから、雲母園の職員がカバーしたり、短時間の勤務にしたりしている」

「でもそんなやり方じゃ、きれいにできないですよ」

「久住さんはそう思うんですね」

わたしは三島さんがにやりと笑ったのかと思ったけど、彼女はずっと同じ表情で、というより無表情で、話を続けていた。「あなたのような仕事を続けていれば、確かにそうかもしれませんが、あなたのような方だけではないので」

「つまり、クビですか」

「そういう言い方がわかりやすければ」

ただ、解雇通告は一か月前までと法律で決められているので、来月で、ということになる、それまでのシフトは今まで通りで構わない、と三島さんは付け足した。わたしはまた自分の膝の手に視線を落とした。不思議と、怒りみたいな感情は湧いてこなかった。怒りっていう感情が、そういえばわたしには最近よくわからない。自分のために怒れる人ってすごい。それって、自分が間違ってないって、信じてるってことだ。正しい、とはきっと思ってないと思う。誤りがない、と考えてるんだ、そういう人は。例えば三島さんはそうだ。三島さんは間違ってない。でも、彼女を正しいとは、わたしは、思わ、ない。

「マリアさんは」思わずそう訊いていた。「彼女もクビですか」

三島さんは答えなかったし、「そういう質問には答えられない」とも口にした。だけど、たぶん彼女は残っているんじゃないかという気がした。「彼女は残ったんですね」とわたしは言った。三島さんはぶすっとした顔をますますぶすっとさせて、「そういう質問には答えられない」と繰り返した。

「あの、雲母園がだめなら、他の現場には」

「久住さん」

三島さんは言った。意外にも彼女はわたしと目を合わせようとしなかった。

「コロナだけじゃなくってね、あなたの行動が少しずつ問題として報告されてます」

「問題」

「例えば、勝手にコーヒー飲んでるとか、あなたの勤務の後に備品が減っているとか」

わたしは黙った。三島さんは続ける。

「常識的に考えて、これは犯罪ですよ。フリマサイトで転売されてる、というウワサも聞きました。私も報告を受けて確認してみましたが、確かに、ここ最近、雲母園の施設で使っているものと同じ食器やタオル、それから掃除道具が出品されていました」

「それは」

「私が話しています」三島さんはぴしゃりとした。「入居者の部屋からもものがなくなっている、という疑いもあります。我々はあなたを訴えてもいい。でも、そうしないのは、あなたのこれからを考えてのことです。仕事を見つけるのも大変だろうし」

三島さんは、その後に、「あなたみたいな人は」という言葉をつけようとしたんだろうけど、辛うじてそこで口を閉じた、ように見えた。なんやかんや言ってるけど、自分の会社で面倒事を起こしたくないってことでしょ、とわたしは思った。でも、そんなことは言葉にできない。どうでもいいことは口にできるくせに、大事なことは、なんにも相手に伝えられない、わたしは、と、わたしは思ってしまう。

あろうことか、その日はそのまま出勤で、そういう日に限ってバケツをひっくり返したり、入居者の人に些細なことで怒られたりして、気分は鬱々、鬱々だと呟きながら、庭に出た。青々とした木々は憎たらしいぐらいにきれいで、憎たらしいやつだ、と憎々しい声でナツミカンに呼びかけた。

「ナギサさん」

そうやってぼうっとしているところを、サトウさんに呼びかけられた。サトウさんは暑くないのだろうか、薄手の桃色のカーディガンを羽織っている。見たことのない柄のものだった。今日はバス停にはおらず、四阿《あずまや》の中で立っていた。

「元気?」

え、とわたしは訊き返す。サトウさんは、「元気ないよーに見えてねー」と、言った。そんなこと、とわたしは言いかけて、涙が出そうになる自分がいることに気がついて、いや、この涙はさすがにありえない、嘘だろうと思った。表情筋の筋力を最大に振り絞り、目元をきゅっとさせる。皺が刻まれ、いますごいブサイクだろうな、と思う。まあいいや、ブサイクなんだから。ちょっと涙が引っ込む。

「元気出して、ほれ」

ごそごそとカーディガンのポケットから出したのはいつのものかわからない飴で、柄も褪《あ》せていて、味すら不明だ。というか、どうやって手に入れたのだろうか。わたしは受けとり、サトウさんがじっと見つめているので、マスクをずらし、仕方なく口に放りこんだ。甘い、ということがわかる、甘い、飴だった。


嫌なことは続くもので、その日帰ると、「内容証明郵便」とハンコが押された封筒がやってきた。大家さんから家賃の滞納はずっと咎められていたのだけど、とうとうか、とわたしはため息をついた。ここまで部屋をきれいにしたんだから、逆に敷金を倍にでもして返してほしいと思ったが、それは道理がないことぐらいはわかっていた。

次の日、とりあえず、最近すれ違うことの多いマリアさんに、お弁当を作ることにした。スーパーで半額で買ったウインナーは賞味期限が切れていたが、タコさんにして焼けば問題なかろうと隅っこに入れた。野菜は高いので彩りはカニカマでごまかしてみる。くるんと丸めたそれを爪楊枝で刺してみるといい感じになる。トマトっぽい。ハートみたいな形状にしてみたらよりそれらしい。昨日路上で買った廃棄弁当のパセリを添えれば、見た目はまあまあだ。

雲母園に、何食わぬ顔をして、「こんにちはー」と入っていくが、誰も何も言わない。わたしが辞めることは、施設の職員に伝わっているのだろうが、みんな腫れ物にでも触るみたいによそよそしく接してくる。そのくせ、コーヒーのスティックとか小さなお菓子とかは撤去され、戸棚には鍵がついた。言葉にしない言葉が、ほんとうにみんな上手だ。わたしにはそれはうまくできない。黙るか、しゃべっちゃうか。みんな、どこかで習っているのかもしれない。小学校とか高校とか。わたしが一生懸命ドアの溝をマイ掃除用具できれいにしている間に。

マリアさんは休憩室にいた。ぼーっと、韓国ドラマを見ている。もちろんしゃべってる言葉は韓国語で、字幕の日本語を理解できているのかどうかはよくわからない。驚かせないように、小さく「マリアさん」と声をかけると、ゆるりと振り向き、「クズミさん!」と笑顔になった。

「あー、あのー」

マリアさんは小さなお弁当箱を広げていて、わたしはタコさん入り弁当箱のビニール袋を咄嗟に背中に隠す。「元気?」

「元気です、ロングタイム、ヒサシブリ」

ペットボトルのお茶を飲むと、マリアさんは、来てくれてよかった、と、リュックの中をごそごそした。出てきたのは、花柄の巾着。百均に売ってそう、とわたしは思う。

「お弁当、私も作ってみた」

そして、わたしに差し出す。戸惑った顔をしていると、「これ、クズミさんに。へただけど」

マジ? と思いながら、巾着を開けると、キティちゃんのお弁当箱が出てきて、中には、前にわたしが作ったようなラインナップが並んでいた。おにぎり、ウインナー、卵焼きにミニトマト。わたしはわたしが作ったやつのビニール袋をそっと足元に置く。

「どう？」

「見た目は下手くそ」思わず、そんな言葉が口をついて出てしまい、マリアさんの顔を見ると、「ふふ、ヘタクソ」と彼女はにこにこしていた。「ヘタクソ、て、ほんとに下手くそっぽい音です」

なんじゃそりゃ、と呟きながら、おにぎりを手にとる。歪《いびつ》だ。三角と丸の中間です、みたいな顔をして、握りが甘いのか、ぽろぽろ米粒が落ちる。

「わたしが来ること知ってたの？」

そう訊ねると、マリアさんは不思議そうな顔をして、「知らないけど」と答えた。「でもクズミさんに食べて欲しかったよ。ほんと」

わたしはおにぎりを口にする。しょっぱい。マリアさんの見たことない家を想像する。見たことない家の見たことないキッチンで、彼女がラップでご飯をくるんでぎゅっぎゅとしている。白いごはんを黒い手で。感情が湧いてくる。たぶんそれは、怒りと似ている。輪郭が。中身はきっと違うんだろうけど。

「仕事辞めるの知ってるよね」

だからだろうか、そんなことを口にする。マリアさんはちょっと視線を下げて、

「ザンネン」と言う。「クズミさんいいひとなのに」

「わたしはいいひとじゃないよ」

わたしが辞める経緯も知っているのだろうか、と考えるが、マリアさんにそんな細かい話ができる人もいないだろう、とも思う。

「お仕事、見つかるます？」

「見つかるますかなぁ」わたしは大げさに頭をかいてみせた。「家賃も払えなくって、家も追い出されちゃうし、たいへんだよー」

「え、家、なくなる？」

わたしの冗談めかした言葉に、マリアさんは真剣な顔をした。「家なくなったら、クズミさんどうする？」

「どうしようかねえ」

わたしには帰るべき実家もないし、頼れる家族もない。それは存在しているとかいないとかいう話でない「ない」だ。偏在する不在。

「そうだ」

マリアさんが手を叩いた。「うちに来たらいい、クズミさん。アワーホーム」

「どっちの？」

「アケロさんとかがいる方。みんなの家」

げ、と思ってしまうし、「げ」と声が出てしまうけど、そうしようそうしよう、とマリアさんは決めてしまった顔をする。ワタシ今日ハヤバンもうおわり、と、さっそく身支度をする。わたしも立ち上がり、タコさんの弁当箱の入ったビニール袋をゴミ箱に捨てる。それはやけに乾いた音を立てる。かたここん。

歩いていきたいんだけど、と言うと、マリアさんはちょっと驚いた顔をしたけれど、「イイですよ」と、一緒に海岸通りを歩いてくれた。自分から言い出したものの、マリアさんの一歩は大きくて、わたしは小走りにならなければならない。日差しはそこそこ肌を焼き、潮風が汗とも混じり合ってべったりと張りつくようだ。においい、とわたしは思う。会ったときから、マリアさんにはにおいがした。ワキガのような感じだけど、彼女の掌からも立ち上ってくる。黒人は汗腺がアジア人とちょっと違っててそうなるらしいと、どこかで読んだことがある。くさい、というのとはまた異なる。香《かぐわ》しいわけでもない。それはもっと、古い記憶に基づくもののような感じがした。

コミュニティの家につくころには、雲母園で入れた水筒も空っぽになったので、とりあえず部屋に上がったときに、コップの水をもらえたのはありがたかった。ごっくんごくんと飲み干したわたしを見て、「今日は暑かったですね」と、アケロはもう一杯くれた。部屋には彼ひとりだった。白いマスクをしていて、肌の色とあいまって、とても際立って見えた。

「もちろん構いませんよ」

マリアさんがアケロに、わたしの境遇について（たぶん）説明してくれると、彼は快く、という体で頷いた。「クズミさんはもうわたしたちのファミリーですから」

名前はもらわなかったけど、とわたしは思う。アケロは、「ここを使って良いですよ」と、となりの部屋へ案内した。同じ畳敷きだが、布団がひと組畳んであるだけの、殺風景な部屋だ。げ、まじでここに住むのか？　しかも男と住むのか？　まじか？　大丈夫か？　というような言葉が頭の中を駆け巡る。

「この部屋はコミュニティ専用なので、僕はいませんよ」

わたしの表情を見てとったのか、アケロはそう言った。「ただ、クズミさんとおんなじようなウガンダの女の人もしばらく住んでます。今は仕事行ってるけど、そこはすみません」

「今日は私も泊まる？」

不安そうなわたしの目を見て、口添えするようにマリアさんは言った。うんまあ、というわたしの煮えきらない返事を肯定と受けとったのか、彼女は「ちょっと荷物とってきますね」と部屋を出て行った。アケロも気を利かせたのか「少し出てきます」と去ったので、わたしはぽつんとなった。なんとなく、テーブルの上にお菓子の痕跡を探そうとするが、きれいなものだった。手持ち無沙汰になり、冷蔵庫を開け、マーガリンと玉ねぎを見つけ、閉め、コップに水を汲んだ。ごっくんごく。

本当にマリアさんは一泊できるような荷物をとってきて、そのもう一人のウガンダ人女性と三人で泊まることになった。マリアさんはスーパーで値引きシールのついたざる蕎麦パックとおにぎりを買ってきてくれて、三人で分け合いながら食べた。二人は蕎麦を上手に箸を使って音を立てずに吸い、静かに飲みこんだ。

それから、三人で雑魚寝をした。布団は二組しかなかったので、わたしが敷布団をもらってバスタオルをかけ、マリアさんは掛け布団を敷いて横になった。ニーナというもう一人の女性は、日本語も英語も解さない上に無口で（もしくは日本語も英語もわからないから無口になったのかもしれない）、もっぱらわたしはマリアさんとしゃべることになった。

「マリアさん、旦那さんはいいの？」

「いいよいいよ」

寝たかどうかの確認的に声をかけたつもりだったが、あんがいはっきりした声が返ってきた。ニーナさんは寝てるのかどうかわからないが、無言だ。「たぶん気にしてない」

「もしかして、ケンカしてる？」

「ちょっと」

マリアさんはそう答えて、「けっこう」と言い直した。「あのひと、他の女と会ってる、たぶん、今日も」

そいつは、とわたしは思い、でもラッパーっぽいな、と、ラッパーに失礼な感想をもった。真面目なラッパーって、あんまり想像がつかない。YOYO、オレは妻と子どもが大事、フリンなんて一大事、SAYYES!

「なにがオカシイですか」

ふふっと笑ったわたしに、マリアさんは少しトゲのある声を出す。わたしは、ごめんね、と謝ってから、「なんかフツーだなと思って」と、天井を見る。蛍光灯から垂れ下がった糸が、風もないのにゆらゆら揺れている。

「これってフツー？」

「わたしの中じゃね」

「クズミさんのフツー、ちょっとヘン」

「ちょっと？」

「けっこう」

それから、マリアさんが「カラオケ行きたい」と言い出したからびっくりした。

「ウガンダにもカラオケってあるの？」

「カラオキ、とか、カリオケとか、名前ちがいます。うたっておどるとこです」

「それは日本のカラオケとは違うな」

話を聞くと、いわゆる「クラブ」みたいなものに近そうだった。若い男女が歌やダンスを披露したり、一緒に楽しんだりする。一夜の逢瀬《おうせ》みたいなことも起こるそうで、ラッパーの旦那さんともよく行ったらしい。

「お母さんお父さん、いい顔しない」

「だろうね」

「でも、シティの若い女、よく行く」

「結婚してても？」

「結婚してても」

そんなものかとわたしは思う。もう少し、ああいう社会は、男尊女卑的な感じで厳しいものだと考えていた。九州ぐらいの。

「自由だね」

「まさか」

驚いたように、少し怒ったようにマリアさんは言った。「みんな、女には、結婚と子どもの話しかしない。だからカラオキに行くんだと思う。そこでみんなおどる。朝まで。汗いっぱい、おどる。それがわたしたちの自由。それだけ。日本の自由はうまらやしい」

それはわたしのことを言ったのだろうか。わたしは天井しか見ていないので、マリアさんの顔はわからない。同じように、マリアさんもわたしの顔はわからないだろう。わたしのような自由なら、マリアさんにいつでもくれてやる、と思うが、くれかたがわからない。

「踊るか」

ぽつりと呟いたわたしの言葉に、「ほんと？」とがばりとマリアさんが起きた。

それから、腰にバスタオルを巻いてスカート状にし、小刻みに、すごい速さで左右に振った。これがウガンダのトラディショナル、クズミさんも、レッツトライ。わたしも手ぬぐいを腰につけて、がんばって振ってみた。たぶん、三回ぐらい動かしたところでぎっくりになりそうになった。

マリアさんは「おおおおおおお」と甲高い雄たけびを上げた。わたしも上げた。

「おおおおおおお」部屋が震える。ぐらぐらざっぱん。

「子どもからみんなやる。いっぱい振るほどもりあがる」

わたしももう一度挑戦する。ゆっくりでいいんですよ、とマリアさんが言い、ンポランポラとわたしが答え、二人で顔を見合わせ笑う。マリアさんと向かい合わせに立ち、腰を振りながら徐々に近づいていく。おおおおおお。出会う。におい。汗と、時間と、なにかが混じった。股と股とをくっつかせるようなマリアさんの踊り方はちょっと、いや、けっこう恥ずかしかったけど、わたしたちは踊った。おどるおどるおどる。けっきょくわたしは疲れてしまい、朝までというわけにはいかなかったけど、汗をたっぷりかいた。ニーナさんは生きてるのか死んでるのかわからないぐらい、微動だにせず、眠り続けていた。

次の日にアケロは自分でトラックを運転して、わたしのアパートまで荷物をとりに来てくれた。家電は備え付けだったし、身の回りのものなんてほとんどなかったから、軽トラの荷台はスカスカで、なんだかそれが恥ずかしかった。面倒くさそうな退去の手続きも、「知り合いがいますから」と、弁護士？みたいな人を連れてきて、立ち会ってくれた。大家さんと管理会社の人は、わたしに見せたことないにこにこした表情で終始対応し、あまつさえ敷金も少し返してくれた。アケロは「申し訳ないけど手数料ちょっと引きました」と明細書を見せ、残った金額でなんかおいしいものでも食べようと、わたしはにやにやっとしたが、そういえば溜まってた家賃はどうなったかも気になった。けど、それを言い出したらやぶ蛇になりそうなので黙ってた。ら、「返すの、次の仕事見つかってからでいいからね」と、釘を刺された。

「まずは少し休んだらいかがでしょうか」

とアケロは言ったが、誰もいない部屋でぼーっと過ごすのは性に合わなかった。平日の昼間はみんな普通に仕事に出ていて、前に訪れたときのような和気あいあいとしたコミュニティの様子は、いつもじゃないんだなーと思ったし、彼らにとったらこっちのほうがいつものことなんだよなー、とも思った。

身体を動かしたかったので、部屋の掃除をすることにした。大して使用している形跡がないのできれいなものだったが、細かい部分の汚れは目立った。自前の掃除セットは持ってきてもらったので、トイレからやっつけることにした。黒ずみなのか垢なのか、頑固な汚れがあり、とりあえずカビキラーで様子を見てみたが落ちる気配がないので、重曹とクエン酸を混ぜたオリジナル洗剤を使って、丁寧に落としていった。クレンザーの手もあるのだが、便器の傷みが激しくなるのであまり自分は使わない。一時間くらいかけて、タンク内も含めてある程度は磨くことができた。他の場所も、襖の敷居や照明の笠の部分、曇った窓ガラスなど、目についたところをとりあえずきれいにした。

「ありがとう！　すごい！」

仕事帰りに寄ってくれたマリアさんは、部屋を見てそう言ってくれた。いや、別に、あんたもそういう仕事してきたじゃん、とかわたしはもごもごしたけど、悪い気はしなかった。そう言えば、学校でも、家でも、仕事でも、ずっと掃除をしてきたし、好きなつもりだったけど、誰もわたしにお礼は言ってくれなかったなと、改めて思って、いや別にそういう気持ちで掃除に力入れてきたわけじゃねえし、とかいうことを考えた。

アケロは初め、「生活費」を少額渡してくれたが、わたしがすぐに使い果たすのを見て、その役目はニーナさんが担うことになった。わたしは部屋の掃除と、それから団地の端っこにある畑の世話を任された。

「昔は共同農園をウリにしていたそうですが、僕が来たころは荒れ果ててました」

　とアケロの言うそこは、今ではずいぶん整えられていた。狭い区画だったが、きゅうりにトウモロコシ、トマトなどが植えられていて、鳥よけネットやホースも完備されていた。「無農薬で育てていて、近くの直売所に置かせてもらい、わずかですがお金になってます」

　わたしは水のあげ方や、肥料を加える間隔を伝えるアケロの横顔を見ながらふんふん頷いた。ふんふん。

　暮らしてみてわかったが、アケロはかなり精力的な活動家だった。基本はウガンダ人の同郷会のような組織だったが、日本に在留する外国人向けの支援も積極的に行っていた。コミュニティにはウガンダ人やアフリカ系の人たちばかりでなく、ネパールとかトルコとか、地域に暮らす外国人も訪れた。話を聞くと、在留の手続きとか、支援団体の紹介とか、本国への仕送りの仕方とか、単なる悩み相談とか、実に様々なフォローをしていた。みなアケロを慕っていて、ニーナさんに「すごいね」と話を振ると、あの無口な彼女が「オトウサン」とぼそっと言うぐらいには、慕い度が限界突破しているみたいだった。

「日本人は、よくも悪くも無関心です」

なんでそんなに熱心なのか訊ねると、アケロはそう答えた。「たぶん、我々が隣に住んでると知れば、びっくりすると思いますけど、多くの人は積極的になにも言ってこないでしょう。他の国では極端な排斥運動につながることもありますから、日本人は寛容である、と考えることもできなくもない。ただ、そこに住んでいる人の権利とか、事情とか、そういうことに無頓着で興味がないので、無邪気に差別をします。そして、ひとたび事件が起きれば、大小かかわらず、矛先は我々に向く。僕はそういう状況を変えていきたいのです」

だから、クズミさんがコミュニティに入ってくれたのはうれしいんですよ、とアケロは言い、わたしはそんな大層な役目を背負っているかと思うと肩こりがした。

自分が困ることは特になかったが、戸惑ったのはお祈りだ。ウガンダ人はキリスト教の人が多いそうで、アケロたちもそうだった。牧師の資格も持っているという彼は、日曜日は団地の広場で青空礼拝をしていて、わたしは窓からそれを眺めた。平日の夜はちょくちょくコミュニティの人とご飯を食べる、という機会があったのだが、毎回食事の際に神様にお祈りを捧げる先導役みたいなのも彼はしていた。

「したくなかったらいいですよ」

とアケロは言ってくれたが、みんなが指を組んで下を向いている中、お預け食らった犬みたいにぼうっと待っているのはあほらしかったので、わたしもおんなじ格好をして、信じていない神様にお祈りをしているように見せかけた。神様、と心の中で呼びかけてはみるけど、そこから先の言葉は思いつかず、仕方ないから、サトウさん、と呼んでみた。サトウさん、元気にしてますか。もうすぐ辞めるからシフト少なくてあんまり会えないけど、わたしは元気にしてます。

マリアさんはそんなにコミュニティには顔を出していないみたいだった。たまにやって来ると、疲れた顔をして、「イソガシイソガシ」と言った。まだ正式な解雇日までは日があるのでシフト表を見てみると、明らかに人員は減り、あからさまにマリアさんの出勤量は増えていた。「いまいくらもらってんの?」と訊いた金額は少なくて、計算したら自分の時給より低くなりそう、でもそれを言ったらめんどうなことになりそうだから、わたしは黙ったままで、「がんばりますよ」という彼女に、「まあがんばれ」と大仰な言葉をかけた。

この町はわたしの生まれた町じゃない。住んできた町でもない。海のある町だが、特段、海が好きなわけでもない。ずっと、海のない場所で暮らしてきた。から、その水平線に憧れて、この町にわたしは流れ着いたのかもしれない。その青い線は、わたしの中にはない色だったから。

わたしが暮らし始めてから三回目ぐらいの休日に、アケロは「クランをつくろうと思う」と日本語で言って、それから（たぶん）同じことを英語で言った。その場には、ニーナさんとマリアさん、それから何人かのウガンダや他の国の常連の人がいて、テーブルを囲んで座っていた。クランってなんだっけ、とわたしは記憶をたどり、ああ、キノコとかのやつか、と思い出した。象のンポランポラのマリアさん。

「僕たちは縁あって日本に来て、たぶん、このまま日本で暮らすことになる人が多いでしょう。ファミリーの証として、僕たちだけのクランをつくってみる、というのはどうだろうか。我々が、たとえ離れ離れになったとしても、ファミリーであるために」

また（たぶん）同じことを英語で伝え、すると、他の人たちは拍手をするもんだから、わたしも釣られて手を叩いた。

「クズミさん」

アケロはわたしに向き直った。「ぜひあなたに、クランのトーテムを決めてほしい」

「トーテム？」

「あれです。魚とかライオンとか、象徴。ここにいる日本人はあなただけだから」

あとから思い返せることがあれば、アケロのその提案は、新しくやって来たわたしへのちょっとした配慮だったのかもしれない、と気づけたかもしれないが、そのときのわたしは、意味わかんない、と思ったし、「意味わかんない」と口にも出した。アケロは、「まあびっくりしますよね」と笑い、「考えてみてくださいよ」と言った。

「じゃあ、海」

だから、即答したそのわたしの言葉はテキトーだったし、ろくに考えもしなかった、と、思、う。海。アケロは繰り返し、「シー」とまわりの人に言い、「ガンダ語ではニャンジャ」と、わたしに言い、「いいですね」と真剣な顔をした。「日本にあって、ウガンダにない、でも似たものはある」

あとはチガンダネームを決めましょう、と、わたしに「海」から思いつくものを求めた。わたしは「クジラ」とか「クラゲ」とか「カモメ」とか「灯台」とか、適当な単語を思いつくまま口にし、それを彼はどんどんガンダ語に訳していった。みんなは真面目なのか面白がってるのか、「じゃあ自分はクジラ」「シャチがいいなあ」みたいなことを（たぶん）言って、自分の名前を決めていった。もちろん、前につけられるのを嫌がっていたわたしには誰も名前を与えようとしない。わたしも、欲しい名前があるのだけれど、それはきっと誰も知らないから、わたしも口にしない。

「さあ、これで僕たちは、正真正銘のファミリーです」

正真正銘なんて四字熟語、笑うところかと思ったけど、誰も笑わないし、それはみんな日本語の意味がわからないからだけじゃないと知っていたけど、ショウシンショウメイという彼の口にする言葉を自分も口にすると、ずいぶんと甘いな、と感じる。ファミリーになったら、アケロを「お父さん」と呼ばなきゃいけなくなるんだろうか。オトウサン。久しく自分の喉を震わせたことのない音の連なり。

アケロを「オトウサン」と呼ぶのはニーナさんだけでなく、他のウガンダ人やコミュニティの人もよくそう呼んでいた。アケロはそのカタカナの呼び方を強制しているわけでも歓迎しているわけでも嫌がっているわけでもなく、柔らかく「なんでしょうか」と笑顔でいつも振り向いた。

わたしがきゅうりの苗を全滅させたときも、彼はその柔らかい表情で「なにかを育てるというのは難しいんです」と諭した。「クズミさんは悪くないですよ」

しかし、水やりをさぼったのも、枯れかけてた苗に慌てて基準量以上の液体肥料を撒いたのも自分だったので、そう言われてもぜんぜん説得力がなくて、「それ説得力ないです」という言葉が喉の先まで出かかったけど、さすがに自分の口から出すその言葉の説得力のなさが嫌になりそうでやめた。

「向かないようだったらいいですよ」と、畑担当から外されたわたしは、結局また掃除婦に戻った。部屋はもう掃除をするところがなかったので、部屋の前の廊下や階段から始め、他の階や建物の入り口の床や郵便ポストも磨き上げた。こちらは年季が入りすぎていて、磨いても磨いても汚れは消えず、いつまでもいつまでも掃除が続けられて、あれだ、ギリシャ神話に出てくる、なんかそういう刑罰を与えられてたひとがいるはずだって、そんなことを考えながらモップを延々と動かした。

ときどき、昼間、誰もいない畳の部屋にごろりとすると、なんだかこの世は空っぽのようにも思えた。夜になれば工場で働くニーナさんは帰ってくるし、週末にはまたわいわいと多国籍の賑わいが狭い部屋を覆い尽くす。それでも、その小さな箱に満たされるものはないように感じた。この前はみんなでピクニックに行ったそうだが、わたしは具合が悪いと嘘をついて部屋に残った。わたしはなにも待っていないのに、なにかを待っているように感じる。そんなときは、ミサキのことを考える。ミサキの人生を、〇歳のころから順繰りに頭の中で描写し、彼女の背がどんどん高くなり、恋をして、仕事をして、皺が増え、わたしの年齢を追い越し、そして墓に入るところまでを、できるだけ正確に、正確に、描き続ける。

その間も、解雇宣告された雲母園に、残り回数を数えながら出勤していたが、サトウさんが退所することを聞いたのは、マリアさんからだった。

「なんか、お金がない？　からだそうです」

残念そうに言うマリアさんに、お前の口から聞く方がザンネンだよ、とわたしは苛立ちをはらんだ息を吐いた。マリアさんは、それを日本経済への批判のようなものと受けとったらしく、「コロナひどいですよね。娘さん仕事なくして、それで引き取りくる言ってました」と、また残念そうに言った。娘？　とわたしは思う。孝行者の方？　地獄の邏卒の方？

次の出勤日に、それとなく来所者名簿を覗くと、二日前の欄に「佐藤」の名前があった。苗字だけで、走り書きで、頑なな性格を思わせる字だった。やっぱりサトウさんの苗字は普通の佐藤で、でも、サトウさんはサトウさんだから、と、わたしはお祈りの時間に祈りを捧げるサトウさんに向かって言う。

しばらくサトウさんをバス停で見かけていなかったのだが、わたし自身がそもそも来ていないので、たまたまなのかどうなのかはよくわからなかった。だから、その日バス停にいたサトウさんを、久しぶりだな、と思ったわたしが正しいのかどうかもわからない。

「こんにちは」

ほい、と短くサトウさんはうつらうつらから目覚め、それから数秒止まった。間隔が空いて出会うサトウさんは、より深い水の底に沈んだような顔をして、わたしを見ていた。しばらくして、「ナギサさん？」と声をかけてくれたときは、ほっとしたというよりも、心配になった。

「サトウさん、元気？」

そう訊ねると、サトウさんはふるふると首を振った。

「最近は脚も痛いし、ものもなんだかうまく噛めなくってねえ」

むにゃむにゃとしたしゃべり方は相変わらずだったが、そんな弱気なことを彼女は口にし、その言葉が歯の間に挟まったのか、またもぐもぐ口を動かした。奇跡、も、僥倖、も、口にしなかった。

「なんか、わたしにできることありますか?」

「ナギサさんに?」

サトウさんは驚いたような顔をして、いやいやあんたはうちの息子に嫁いで来ただけでじゅうぶんだよ、うちの息子はそりゃあ愚か者でね、仕事してんのだけは偉いと思うけどそれしか能のないバカもんさぁ、と、ちょっと元気になった。

「でも」わたしはサトウさんにかぶせるように言った。「わたしがなにかしたいんだ。おかあさんに、おかあさんに」

そうかい、じゃあ、と言ってから、サトウさんは黙った。ずいぶんと長い沈黙だった。初夏の風がわたしたちの間を吹き抜け、去っていく。ぶろろろろ、と、遠くで車のエンジン音がして、ニセモノ、わたしはふっと、バス停の標識の向こうを見やった。青いナツミカンの葉と、未成熟なアジサイ以外は、なにもない。

「海」

サトウさんは言った。「海が見たいねえ」

海。

シー。

ニャンジャ。

海。

「いいね」

わたしは言った。「この場所にあって、この場所にないもの」

海岸通り、というニセモノのバス停の文字を、わたしは立ち上がって雑巾で拭く。それは冗談みたいにきれいな光沢で太陽を反射している。


サトウさんを海に連れていってあげよう、とわたしが提案すると、意外に思えるほどマリアさんは熱心に賛成をした。

「私も海、行ったことない」

「いつも見てんじゃん」

バスの窓から眺める風景を思い出しながら言うと、「あれは見てるだけ」と彼女はゆるゆる頭を振る。繰り返す。「あれは、見てるだけ」

決行日はわたしの最後の出勤日に決まった。ちょうど、マリアさんとは早番と遅番で勤務が重なっているのだ。平日のコミュニティの部屋はわたしとマリアさんだけで、適当な紙の裏に、わたしは簡単な雲母園の地図をかいた。テーブルを挟んで頭を突き合わせる自分たちを俯瞰で想像すると、小学生同士が夏休みの予定を立てているみたいで、微笑ましいと思い、実際にほほえんでみた。うまくできないけど、ほほえめた。

雲母園では外の散歩を行うスケジュールも入居者によっては組んでいるが、交通量が多く、距離もある海の近くまでは通常行かない。だから、こうやって連れ出すこと自体、許可がとれるはずもないし、というか、わたしたちはただの清掃員だ。そのため、どうやって気づかれずに連れ出すかが難しい。マリアさんを誘ったのは、わたしのように非力な人間ひとりでは無理だと判断したからだ。それだけだ。

「ランドリーカート使う？」

うんうん唸っていると、マリアさんが思いついた。掃除用具などを入れている、大きな青い籠型の台車だ。業務用のそれは、確かにサトウさんぐらいだったら入る大きさだし、上から布をかぶせてしまえば、外から見えることもない。

「マリアさん、頭いいじゃん」

「そんなこと」彼女は恥ずかしそうに手を振った。「学校もそんな行ってないし」

「わたしなんて大学行かせてもらったけど、バカすぎて、そこもクビになったよ」

ははは、と笑ってみせると、マリアさんは真剣な顔をして、「そういう言い方よくない」と言った。「クズミさん、自分ダイジにする」

そりゃごめんねー、とわたしはマリアさんから視線をそらす。誰も言ってくれなかった言葉ばかり口にするマリアさんを、わたしはうらやましく思った。日本語が下手くそなくせに、わたしより上手に話す。うらやましい。あと、ラッパー死ね、嫁を大事にしろ、とも思う。

サトウさんの部屋から、雲母園の門のところまでどのような経路で彼女を運ぶか、わたしたちは地図に描きこんだ。まずはサトウさんの部屋に入り、わたしは「ナギサ」として、「おかあさん、海に行こうよ」と伝える。きっとサトウさんは頷いてくれる。それから、マリアさんとふたりでよいしょとサトウさんを持ち上げてランドリーカートに入れる。ふたりならきっとできる。上から布をかぶせて、「ちょっと静かにね」と声をかけて、何食わぬ顔して廊下に出る。段差では揺らさないように、細心の注意を払って押す。エレベーターに乗ったら、「あとちょっとだよ」と宙に向かってさりげなく呟き、事務所の前の職員には「ゴミ捨ていってきまーす」と、わざとらしいくらい大きい声で叫ぶ。外に出る。その日はきっといい天気だ。雨など降るはずもない。日光が鋭くわたしたちを射し、わたしたちは目を細め、風がゆらゆら揺れている中を、ぎっぎぎとカートを押していく。門を出る。しばらく歩道を進んだあと、辺りを見回して誰もいないことを確認したら、「着いたよ」と布をとる。ほいいい、とサトウさんは返事をして、やっぱり眩しそうに目を細める。ふたりで彼女を引っ張り上げ、バスに乗ろう、と言う。バス停のベンチに、三人で座る。ランドリーカートは置いてく。もうわたしたちには必要ない。潮風を感じる。バスが来る。乗る。もう少しだ。

「いいね」

わたしは言う。

「すてき」

マリアさんが言う。

最後にわたしは、海辺に立つサトウさんを思い浮かべた。彼女はどうしてだか若々しい姿をしていて、凪いで静かな水面を傲然《ごうぜん》と睨みつけながら、大きなおなかをさすり、待っていた。マリアさんも、きっと似たことを考えているに違いない、と、わたしは、なんの根拠もないのに、そう思った。おそらく、ぜったい。

「海を見せてあげたら、よろこぶかなあ」

そのマリアさんの言葉は、サトウさんに向けてのものではないことに気づいたけど、わたしは気が利く女なので、黙っていた。


だけど、マリアさんはその日、来なかった。

三島さんは、事務所で「申し訳ありません」とわたしに頭を下げた。「あなたに誤った嫌疑をかけてしまった」

施設の備品をフリマサイトで売っていたのはマリアさんだった。人目を盗んで、ランドリーカートに食器やタオルやもろもろを入れ、ゴミ捨てに行くふりをしながら、自分のカバンに詰めこんでいた、と三島さんはやけに詳細に語った。

「彼女のパートナーが、話してくれました」微に入り細に入り語る言い訳のように三島さんは言った。「深々頭を下げられて、費用も弁償してくれました。回数も少なかったし、金額もそこまでではなかったので、大きな問題にはしませんでした」

パートナー、というのが旦那さんだと気づくのに時間がかかり、ラッパーなのに真面目だ、という感想はぼんやり周回遅れで訪れた。ていうか、それは人として当然のことだし、ラッパーに失礼だし、わたしはラッパーのことをなにも知らない、と、全国のラッパーとＤＪとそのファンに、自分の方こそ頭を下げたくなった。

「でも、わたしはコーヒーを勝手に飲みました」

なんと言っていいかわからず、わたしは弁明でないのに弁明のような調子の言葉を口にした。申し訳ない、と三島さんは再び頭を下げた。

「それに、彼女は入居者からもクレームが来ていた」

「文化の違いというのもあったんでしょう」

言葉少なに三島さんは言ったあと、「ついては」とわたしをまっすぐ見た。「久住さんが望むなら、この施設の仕事を続けても構いません。勝手な話ですが、あなたの仕事は評価しています」

わたしはそのときに、自分の内側に生まれた感情の名前がよくわからなかったし、よくわからないままその心の色を眺めた。その名前のわからない物体に罅《ひび》が入り、穴が空き、そこから漏れていくものを眺めた。

「マリアさんはどこに」

「それは」三島さんは言い淀んだ。「離婚も考えておられるとパートナーの方は言っていたので、国に帰るのではないでしょうか」

「どこの？」その言葉に、三島さんは不思議そうな顔をした。「それはどこにあるんです？」

「クレーム」

わたしは顔を上げた。

「戻りません」

そう言ったあとに、自分の声だと思えないぐらい、低く、静かな響きだったその音が、床にべったり染みをつくるのを見た。「わたしはこの仕事には戻りません」

でも、と言いかけた三島さんを、わたしは目で制した。

「わたしはマリアさんを知っています。そのクレーム言ってたのは永峰のじいさんでしょ？　あんな差別意識まるだしのじじいの言うことを真に受けるなんて頭おかしすぎる」今はマスクをしてないから、唾がめっちゃ飛んでる。たぶん、三島さんにかかってる。自分にだって、かかってる。でもわたしは気にしない。

「わたしはマリアさんを知ってる。彼女はそんなことやってない。やったのはわたしだ。わたしがぜんぶやったんだ。それでも彼女がやったって言うんなら、彼女は悪くない。彼女は正しい。慣れない日本で、旦那にも浮気されて、わけわかんないクレーム受けて、わたしから小銭せびられて、それでも笑って、なんにもいわないで、一生懸命、ずっと、ずっと、やってきたんだ。踊り続けてきたんだ。彼女を残そうとしたのも、彼女がわたしたちより安い給料で働いてくれるからでしょう？　勤務時間が多少延びても文句ひとつ言わないし、いつでも仕事に入ってくれるし、それに」

三島さんは、彼女のおにぎりの味を知らないでしょ、彼女のダンスの上手さを知らないでしょ、びっしり彼女のメモが英語で埋まってるのも知らないでしょ、わかんない日本語をドラマ見ながらずっと繰り返してるのも、大きな口を開けて笑うのも、箸の使い方がどんどん上達していったのも、みんな知らないでしょ。きっと、そのフリマのお金だって、彼女のお母さんに渡したんだ、だってあんなにサトウさんのことも。そう言いたかったが、息が切れた。三島さんは目を見開いている。騒ぎを聞きつけた他の職員がやってきて、唾を飛ばすわたしの腕をおつかなびっくりつかもうとする。でも、わたしの腕はいまきっと、火山みたいな熱をもっていて、あつくてあつくて、誰も触れることができない。わたしは知っている。わたしはなおも叫び続ける。だってわたしは正しくない。あなたも正しくない。この世界に正しい人なんていない。たぶん、絶対。

「あなたたちが見ているマリアさんは、ニセモノだ」

わたしはそのまま事務所を出て、雲母園に向かう。更衣室でエプロンをつける。掃除用具を出す。共用スペースのホールに行く。バケツに水を入れ、モップで床を拭く。きれいだ。隅の埃までとれている。きっと誰かが、きっと誰かが、丁寧に、丁寧に、仕事を続けてきてくれたおかげだ。わたしはモップの手を止める。柱にモップを立てかける。エプロンを外し、折り畳んで腰に巻く。クイックルワイパーを手にとる。柄を立てて、握り直す。抱きしめるように。腰を振る。左右に。「おおおおお」雄たけびを上げる。腰を振る。振り続ける。入居者のじいさんばあさんが、ぽかんと口を開けて見ている。わたしは気にしない。ンポランポラ。わたしは踊り続ける。汗がふき出る。脇から、掌から、においと一緒に。

サトウさんが退所する日、わたしはバス停にいた。本物の方の。

暑い日で、目深にかぶった野球帽のおかげで、汗がべったりとはりつき、頭の中は蒸されているようだった。わたしはベンチに座ったまま、待っていた。遠くに見える雲母園の門からサトウさんが出てきた。職員も一緒にいて、ぺこぺこ頭を下げている。その横にいるのが「娘さん」なのだろう。ここからでは顔はよく見えない。大きなトランクを「娘さん」はひいて、さっさと歩きだす。サトウさんは、そのあとをゆっくりついていく。

バスが来た。

わたしは乗りこみ、ステップでちょっと立ち止まる。そして、サトウさんたちの方を覗き、「ちょっと待ってください」と運転手に声をかけた。乗客はそこそこいて、え、と不愉快そうな表情を運転手は見せたが、わたしは入口のドアを手で押さえ、よたよたサトウさんがやって来るのを待った。

「ありがとうございますねえ」

サトウさんはしゃがれた声でわたしに言った。わたしは無言で目で笑う。ステップを上る彼女の背中にそっと手を添える。うまくできた、と思う。ビーッという音がして扉が閉まる。「娘さん」は大きいトランクを抱えているためか優先席の広い座席に座り、サトウさんはどっこいしょと、奥の二人がけの席に腰をおろした。わたしもその隣に座る。前には小学生ぐらいの男の子がいて、落ち着きなくきょろきょろしていた。

女性のアナウンスが行き先の停留所を告げる。このバスは海には向かわない。サトウさんはニコニコしたまま、どこかぼんやりした様子だ。

「なんか変なにおいがする」

わたしの前の席の男の子が言った。一緒にいた母親も、「そうね」と、辺りを見回しながら、鼻をひくつかせた。「なんのにおいかしら」それから、後ろの席のわたしとサトウさんを一秒ぐらい見たあと、男の子に向き直り、「静かにしなさい」と小さな声で言った。

「でも、知ってるにおいだよ」男の子は強情だった。「僕、これに、会ったことがある」

わたしはにんまりとした。もう少しで男の子に声をかけそうになったが、我慢した。

サトウさんは窓の向こうを見ている。明るい光が彼女の顔を舐めるように照らし、眩しくないのだろうか、彼女はずうっと、その照らされている景色を見ている。「ミサキ」サトウさんはそう口を開いた。「ミサキが見える」窓の向こうには建物や堤防があるだけで、海も、岬も、灯台もない。でも、わたしは、「そうですね」と返事をした。「そうですね」と繰り返した。

それからサトウさんは振り向き、じいっと、わたしの顔を見た。バスは、海岸を遠く、走っている。

初出　文學界二〇二四年二月号

装画　鶴谷香央理

装丁　野中深雪

坂崎かおる（さかさき・かおる）
一九八四年、東京都生まれ。二〇二〇年「リモート」で第一回かぐやSFコンテスト審査員特別賞を受賞後、多くの文学賞やコンテストで受賞・入賞。おもな著作に「封印」（『乗物綺談　異形コレクションLVI』光文社文庫）、「いぬ」（『水都眩光　幻想短篇アンソロジー』文藝春秋）、「僕のタイプライター」（『幻想と怪奇　ショートショート・カーニヴァル』新紀元社）、「ベルを鳴らして」（『小説現代』二〇二三年七月号。第七十七回日本推理作家協会賞短編部門受賞）など。著書に『嘘つき姫』（河出書房新社）がある。

海《かい》岸《がん》通《どお》り

二〇二四年七月十日　第一刷発行

著　者　坂崎《さかさき》かおる
発行者　花田朋子
発行所　株式会社　文藝春秋
〒一〇二-八〇〇八　東京都千代田区紀尾井町三-二三
電話　〇三-三二六五-一二一一

印刷所　大日本印刷
製本所　加藤製本
DTP制作　ローヤル企画

万一、落丁・乱丁の場合は送料当方負担でお取替えいたします。
小社製作部宛、お送り下さい。定価はカバーに表示してあります。

ISBN978-4-16-391881-5　Printed in Japan